—— 新版 ——
小学语文同步阅读

第一次盼望

DIYICI PANWANG

史铁生

著

长江出版传媒 长江文艺出版社

目 录

第一次盼望（节选）①

　　我还记得我的第一次盼望。那是一个礼拜日，从早晨到下午，一直到天色昏暗下去。

　　那个礼拜日母亲答应带我出去，去哪儿已经记不清了，可能是动物园，也可能是别的什么地方。总之她很久之前就答应了，就在那个礼拜日带我出去玩，这不会错；一个人平生第一次盼一个日子，都不会错。而且就在那天早晨母亲也还是这样答应的：去，当然去。我想到底是让我盼来了。

　　起床，刷牙，吃饭，那是个春天的早晨，阳光明媚。走吗？等一会儿，等一会儿再走。我跑出去，站在街门

　　① 本文节选自《史铁生全集》（长篇小说卷）《务虚笔记》，北京出版社 2016 年版。篇名为编者所加，选入统编小学语文课本后，改名为《那个星期天》。

口，等一会儿就等一会儿，我藏在大门后，藏了很久，我知道不会是那么简单的一会儿，我得不出声地多藏一会儿。母亲出来了，可我忘了吓唬她，她手里提着菜篮。您说了去！等等，买完菜，买完菜就去。买完菜马上就去吗？嗯。

这段时光不好挨。我踏着一块块方砖跳，跳房子，等母亲回来。我看着天看着云彩走，等母亲回来，焦急又兴奋。我蹲在土地上用树枝拨弄着一个蚁穴，爬着去找更多的蚁穴。院儿里就我一个孩子，没人跟我玩儿。我蹲在草丛里翻看一本画报，那是一本看了多少回的电影画报，那上面有一群比我大的女孩子，一个个都非常漂亮。我蹲在草丛里看她们，想象她们的家，想象她们此刻在干什么，想象她们的兄弟姐妹和她们的父母，想象她们的声音。去年的荒草丛里又有了绿色，院子很大，空空落落。

母亲买菜回来却又翻箱倒柜忙开了。走吧，您不是说买菜回来就走吗？好啦好啦，没看我正忙呢吗？真奇怪，该是我有理的事呀？不是吗，我不是一直在等着，母亲不是答应过了吗？整个上午我就跟在母亲腿底下：去吗？去吧，走吧，怎么还不走呀？走吧……我就这样念念叨叨地追在母亲的腿底下，看她做完一件事又去做一件事。我还没有她的腿高，那两条不停顿的腿至今都在我眼前晃动，它们不停下来，它们好几次绊在我身上，我好几次差点儿绞在它们中间把它们碰倒。

下午吧，母亲说，下午，睡醒午觉再去。去，母亲说，下午，准去。但这次怨我，怨我自己，我把午觉睡过了头。醒来我看见母亲在洗衣服。要是那时就走还不晚。我看看天，还不晚。还去吗？去。走吧？洗完衣服。这一次不能原谅。我不知道那堆衣服要洗多久，可母亲应该知道。我蹲在她身边，看着她洗。我一声不吭，盼着。我想我再不离开半步，再不把觉睡过头，我想衣服一洗完我马上拉起她就走，决不许她再耽搁。我看着盆里的衣服和盆外的衣服，我看着太阳，看着光线，我一声不吭。看着盆里揉动的衣服和绽开的泡沫，我感觉到周围的光线渐渐暗下去，渐渐地凉下去沉郁下去，越来越远越来越缥缈，我一声不吭，忽然有点明白了。

我现在还能感觉到那光线漫长而急遽的变化，孤独而惆怅的黄昏到来，并且听得见母亲咔嚓咔嚓搓衣服的声音，那声音永无休止就像时光的脚步。那个礼拜日。就在那天。母亲发现男孩儿蹲在那儿一动不动，发现他在哭，在不出声地流泪。我感到母亲惊惶地甩了甩手上的水，把我拉过去拉进她的怀里。我听见母亲在说，一边亲吻着我一边不停地说:"噢,对不起,噢,对不起……"那个礼拜日，本该是出去的，去哪儿记不得了。男孩儿蹲在那个又大又重的洗衣盆旁，依偎在母亲怀里，闭上眼睛不再看太阳，光线正无可挽回地消逝，一派荒凉。

合欢树

　　十岁那年，我在一次作文比赛中得了第一。母亲那时候还年轻，急着跟我说她自己，说她小时候的作文做得还要好，老师甚至不相信那么好的文章会是她写的。"老师找到家来问，是不是家里的大人帮了忙。我那时可能还不到十岁呢。"我听得扫兴，故意笑："可能？什么叫可能还不到？"她就解释。我装作根本不再注意她的话，对着墙打乒乓球，把她气得够呛。不过我承认她聪明，承认她是世界上长得最好看的女的。她正给自己做一条蓝底白花的裙子。

　　二十岁，我的两条腿残废了。除去给人家画彩蛋，我想我还应该再干点别的事，先后改变了几次主意，最后想学写作。母亲那时已不年轻，为了我的腿，她头上开始有了白发。医院已经明确表示，我的病目前没办法治。母亲的全副心思却还放在给我治病上，到处找大夫，打听偏方，花很多钱。她倒总能找来些稀奇古怪的药，让我吃，让我喝，或者是洗、敷、熏、灸。"别浪费时间啦！根本没用！"我说。我一心只想着写小说，仿佛那东西能把残疾人救出困境。"再试一回，不试你怎么知道有用没用？"她说。每一回都虔诚地抱着希望。然而对我的腿，有多少回希望就有多少回失望。最后一回，我的胯上被熏成烫伤。医院的大夫说，这实在太悬了，对于瘫痪病人，这差不多是要命的事。我倒没太害怕，心想死了也好，死了倒痛快。母亲惊惶了几个月，昼夜守着我，一换药就说："怎么会烫了呢？我还直留神呀？"幸亏伤口好起来，不然她非疯了不可。

后来她发现我在写小说。她跟我说："那就好好写吧。"我听出来，她对治好我的腿也终于绝望。"我年轻的时候也最喜欢文学。"她说。"跟你现在差不多大的时候，我也想过搞写作。"她说。"你小时候的作文不是得过第一？"她提醒我说。我们俩都尽力把我的腿忘掉。她到处去给我借书，顶着雨或冒了雪推我去看电影，像过去给我找大夫，打听偏方那样，抱了希望。

三十岁时，我的第一篇小说发表了，母亲却已不在人世。过了几年，我的另一篇小说又侥幸获奖，母亲已经离开我整整七年。

　　获奖之后，登门采访的记者就多。大家都好心好意，认为我不容易。但是我只准备了一套话，说来说去就觉得心烦。我摇着车躲出去。坐在小公园安静的树林里，我闭上眼睛，想：上帝为什么早早地召母亲回去呢？很久很久，迷迷糊糊地，我听见回答："她心里太苦了。上帝看她受不住了，就召她回去。"我似乎得到一点安慰，睁开眼睛，看见风正在树林里吹过。

　　我摇车离开那儿，在街上瞎逛，不想回家。

　　母亲去世后，我们搬了家。我很少再到母亲住过的那个小院儿去。小院儿在一个大院儿的尽里头，我偶尔摇车到大院儿去坐坐，但不愿意去那个小院儿，推说手摇车进去不方便。院儿里的老太太们还都把我当儿孙看，尤其想到我又没了母亲，但都不说，光扯些闲话，怪我不常去。我坐在院子当中，喝东家的茶，吃西家的瓜。有一年，人们终于又提到母亲："到小院儿去看看吧，你妈种的那棵合欢树今年开花了！"我心里一阵抖，还是推说手摇车进出太不易。大伙儿就不再说，忙扯些别的，说起我们原来住的房子里现在住了小两口，女的刚生了个儿子，孩子不哭不闹，光是瞪着眼睛看窗户上的树影儿。

我没料到那棵树还活着。那年，母亲到劳动局去给我找工作，回来时在路边挖了一棵刚出土的"含羞草"，以为是含羞草，种在花盆里长，竟是一棵合欢树。母亲从来喜欢那些东西，但当时心思全在别处。第二年合欢树没有发芽，母亲叹息了一回，还不舍得扔掉，依然让它长在瓦盆里。第三年，合欢树却又长出叶子，而且茂盛了。母亲高兴了很多天，以为那是个好兆头，常去侍弄它，不敢再大意。又过一年，她把合欢树移出盆，栽在窗前的地上，有时念叨，不知道这种树几年才开花。再过一年，我们搬了家，悲痛弄得我们都把那棵小树忘记了。

与其在街上瞎逛，我想，不如就去看看那棵树吧。我也想再看看母亲住过的那间房。我老记着，那儿还有个刚来到世上的孩子，不哭不闹，瞪着眼睛看树影儿。是那棵合欢树的影子吗？小院儿里只有那棵树。

院儿里的老太太们还是那么欢迎我，东屋倒茶，西屋点烟，送到我眼前。大伙儿都不知道我获奖的事，也许知道，但不觉得那很重要；还是都问我的腿，问我是否有了正式工作。这回，想摇车进小院儿真是不能了。家家门前的小厨房都扩大，过道儿窄到一个人推自行车进出也要侧身。我问起那棵合欢树。大伙儿说，年年都开花，长到房高了。这么说，我再看不见它了。我要是求人背我去看，倒也不是不行。我挺后悔前两年没有自己摇车进去看看。

我摇着车在街上慢慢走，不急着回家。人有时候只想独自静静地待一会儿。悲伤也成享受。

有一天那个孩子长大了，会想起童年的事，会想起那些晃动的树影儿，会想起他自己的妈妈。他会跑去看看那棵树。但他不会知道那棵树是谁种的，是怎么种的。

秋天的怀念

　　双腿瘫痪后，我的脾气变得暴怒无常。望着望着天上北归的雁阵，我会突然把面前的玻璃砸碎；听着听着李谷一甜美的歌声，我会猛地把手边的东西摔向四周的墙壁。母亲就悄悄地躲出去，在我看不见的地方偷偷地听着我的动静。当一切恢复沉寂，她又悄悄地进来，眼边红红的，看着我。"听说北海的花儿都开了，我推着你去走走。"她总是这么说。母亲喜欢花，可自从我的腿瘫痪后，她侍弄的那些花都死了。"不，我不去！"我狠命地捶打这两条可恨的腿，喊着："我可活什么劲！"母亲扑过来抓住我的手，忍住哭声说："咱娘儿俩在一块儿，好好儿活，好好儿活……"

　　可我却一直都不知道，她的病已经到了那步田地。

后来妹妹告诉我，她常常肝疼得整宿整宿翻来覆去地睡不了觉。

那天我又独自坐在屋里，看着窗外的树叶"唰唰啦啦"地飘落。母亲进来了，挡在窗前："北海的菊花开了，我推着你去看看吧。"她憔悴的脸上现出央求般的神色。"什么时候？""你要是愿意，就明天？"她说。我的回答已经让她喜出望外了。"好吧，就明天。"我说。她高兴得一会儿坐下，一会儿站起："那就赶紧准备准备。""哎呀，烦不烦？几步路，有什么好准备的！"她也笑了，坐在我身边，絮絮叨叨地说着："看完菊花，咱们就去'仿膳'，你小时候最爱吃那儿的豌豆黄儿。还记得那回我带你去北海吗？你偏说那杨树花是毛毛虫，跑着，一脚踩扁一个……"她忽然不说了。对于"跑"和"踩"一类的字眼儿，她比我还敏感。她又悄悄地出去了。

她出去了，就再也没回来。

邻居们把她抬上车时，她还在大口大口地吐着鲜血。我没想到她已经病成那样。看着三轮车远去，也绝没有想到那竟是永远的诀别。

邻居的小伙子背着我去看她的时候，她正艰难地呼吸着，像她那一生艰难的生活。别人告诉我，她昏迷前的最后一句话是："我那个有病的儿子和我那个还未成年的女儿……"

又是秋天，妹妹推我去北海看了菊花。黄色的花淡雅，白色的花高洁，紫红色的花热烈而深沉，泼泼洒洒，秋风中正开得烂漫。我懂得母亲没有说完的话。妹妹也懂。我俩在一块儿，要好好儿活……

奶奶的星星（节选）[1]

    世界给我的第一个记忆是：我躺在奶奶怀里，拼命地哭，打着挺儿，也不知道是为了什么，哭得好伤心。窗外的山墙上剥落了一块灰皮，形状像个难看的老头儿。奶奶搂着我，拍着我，"噢——噢——"地哼着。我倒更觉得委屈起来。"你听！"奶奶忽然说，"你快听，听见了吗……"我愣愣地听，不哭了，听见了一种美妙的声音，飘飘的、缓缓的……是鸽哨儿？是秋风？是落叶滑过屋檐？或者，只是奶奶在轻轻地哼唱？直到现在我还是说不清。"噢噢——睡觉吧，麻猴儿来了我打它……"那是奶奶的催眠曲。屋顶上有一片晃动的光影，是水盆

---

① 本文节选自《史铁生全集》（短篇小说·小小说卷）《第一人称》，北京出版社 2016 年版。

里的水反射的阳光。光影也那么飘飘的、缓缓的，变幻成和平的梦境，我在奶奶怀里安稳地睡熟……

我是奶奶带大的。不知有多少人当着我的面对奶奶说过："奶奶带起来的，长大了也忘不了奶奶。"那时候我懂些事了，趴在奶奶膝头，用小眼睛瞪那些说话的人，心想：瞧你那讨厌样儿吧！翻译成孩子还不能掌握的语言就是：这话用你说吗？

奶奶愈紧地把我搂在怀里，笑笑："等不到那会儿哟！"仿佛已经满足了的样子。

"等不到哪会儿呀？"我问。

"等不到你孝敬奶奶一把铁蚕豆。"

我笑个没完。我知道她不是真那么想。不过我总想不好，等我挣了钱给她买什么。爸爸、大伯、叔叔给她买什么，她都是说："用不着花那么多钱买这个。"奶奶最喜欢的是我给她踩腰、踩背。一到晚上，她常常腰疼、背疼，就叫我站到她身上去，来来回回地踩。她趴在床上"哎哟哎哟"的，还一个劲儿夸我："小脚丫踩上去，软软乎乎的，真好受。"我可是最不耐烦干这个，她的腰和背可真是够漫长的。"行了吧？"我问。"再踩两趟。"我大跨步地打了个来回："行了吧？""唉，行了。"我赶快下地，穿鞋，逃跑……

于是我说："长大了我还给您踩腰。"

"哟，那还不把我踩死？"

过了一会儿我又问："您干吗等不到那会儿呀？"

"老了，还不死？"

"死了就怎么了？"

"那你就再也找不着奶奶了。"

我不嚷了，也不问了，老老实实依偎在奶奶怀里。那又是世界给我的第一个可怕的印象。

一个冬天的下午，一觉醒来，不见了奶奶，我扒着窗台喊她，窗外是风和雪。"奶奶出门儿了，去看姨奶奶。"我不信，奶奶去姨奶奶家总是带着我的；我整整哭喊了一个下午，妈妈、爸爸、邻居们谁也哄不住，直到晚上奶奶出我意料地回来。这事大概没人记得住了，也没人知道我那时想到了什么。小时候，奶奶吓唬我的最好办法，就是说："再不听话，奶奶就死了！"

夏夜，满天星斗。奶奶讲的故事与众不同，她不是说地上死一个人，天上就熄灭了一颗星星，而是说，地上死一个人，天上就又多了一个星星。

"怎么呢？"

"人死了，就变成一个星星。"

"干吗变成星星呀？"

"给走夜道儿的人照个亮儿……"

我们坐在庭院里，草茉莉都开了，各种颜色的小喇叭，掐一朵放在嘴上吹，有时候能吹响。奶奶用大芭蕉扇给我轰蚊子。凉凉的风，蓝蓝的天，闪闪的星星，永远留在我的记忆里。

那时候我还不懂得问，是不是每个人死了都可以变成星星，都能给活着的人把路照亮。

奶奶已经死了好多年。她带大的孙子忘不了她。尽管我现在想起她讲的故事，知道那是神话，但到夏天的晚上，我却时常还像孩子那样，仰着脸，揣摸哪一颗星星是奶奶的……我慢慢去想奶奶讲的那个神话，我慢慢相信，每一个活过的人，都能给后人的路途上添些光亮，也许是一颗巨星，也许是一把火炬，也许只是一支含泪的烛光……

珊珊（节选）①

那些天珊珊一直在跳舞。那是暑假的末尾，她说一开学就要表演这个节目。

晌午，院子里很静。各家各户上班的人都走了，不上班的人在屋里伴着自己的鼾声。珊珊换上那件白色的连衣裙，"吱呀"一声推开她家屋门，走到老海棠树下，摆一个姿势，然后轻轻起舞。

"吱呀"一声，我也从屋里溜出来。

"干什么你？"珊珊停下舞步。

"不干什么。"

我煞有介事地在院子里看一圈，然后在南房的阴凉

① 本文节选自《史铁生全集》（长篇散文与随笔卷）《记忆与印象》，北京出版社 2016 年版。

里坐下。

海棠树下，西番莲开得正旺，草茉莉和夜来香无奈地等候着傍晚。蝉声很远，近处是"嗡嗡"的蜂鸣，是盛夏的热浪，是珊珊的喘息。她一会儿跳进阳光，白色的衣裙灿烂耀眼，一会儿跳进树影，纷乱的图案在她身上飘移、游动；舞步轻盈，丝毫也不惊动海棠树上入睡的蜻蜓。我知道她高兴我看她跳，跳到满意时她瞥我一眼，说："去！——"既高兴我看她，又说"去"，女孩子真是搞不清楚。

我仰头去看树上的蜻蜓，一只又一只，翅膀微垂，睡态安详。其中一只通体乌黑，是难得的"老膏药"。我正想着怎么去捉它，珊珊喘吁吁地冲我喊："嘿快，快看哪你，就要到了。"

她开始旋转，旋转进明亮，又旋转得满身树影纷乱，闭上眼睛仿佛享受，或者期待，她知道接下来的动作会赢得喝彩。她转得越来越快，连衣裙像降落伞一样张开，飞旋飘舞，紧跟着一蹲，裙裾铺开在海棠树下，圆圆的一大片雪白，一大片闪烁的图案。

"嘿，芭蕾舞！"我说。

"笨死你，"她说，"这是芭蕾舞呀？"

无论如何我相信这就是芭蕾舞，而且我听得出珊珊其实喜欢我这样说。在一个九岁的男孩看来，芭蕾并非一个舞种，芭蕾就是这样一种动作——旋转，旋转，不停地旋转，让裙子飞起来。那年我可能九岁。如果我九岁，珊珊就是十岁。

又是"吱呀"一声，小恒家的屋门开了一条缝，小恒也蹑手蹑脚地钻出来。

"有蜻蜓吗？"

"多着呢！"

小恒屁也不懂，光知道蜻蜓，他甚至都没注意珊珊在干吗。

"都什么呀？"小恒一味地往树上看。

"至少有一只'老膏药'！"

"是吗？"

小恒又钻回屋里，出来时得意地举着一小团面筋。于是我们就去捉蜻蜓了。一根竹竿，顶端放上那团面筋，竹竿慢慢升上去，对准"老膏药"，接近它时要快要准，要一下子把它粘住。然而可惜，"老膏药"聪明透顶，珊珊跳得如火如荼它且不醒，我的手稍稍一抖它就知道，立刻飞得无影无踪。珊珊幸灾乐祸。珊珊让我们滚开。

"要不看你就滚一边儿去，到时候我还得上台哪，是正式演出。"

她说的是"你"，不是"你们"，这话听来怎么让我飘飘然有些欣慰呢？不过我们不走，这地方又不单是你家的！那天也怪，老海棠树上的蜻蜓特别多。珊珊只好自己走开。珊珊到大门洞里去跳，把院门关上。我偶尔朝那儿望一眼，门洞里幽幽暗暗，看不清珊珊高兴还是生气，唯一缕无声的雪白飘上飘下，忽东忽西。

那个中午出奇的安静。我和小恒全神贯注于树上的蜻蜓。

忽然，一声尖叫，随即我闻到了一股什么东西烧焦了的味。只见珊珊飞似的往家里跑，然后是她的哭声。我跟进去。床上一块黑色的烙铁印，冒着烟。院子里的人都醒了，都跑来看。掀开床单，褥子也煳了，揭开褥子，毡子也黑了。有人赶紧舀一碗水泼在床上。

"熨什么呢你呀？"

"裙子，我的连……连衣裙都皱了。"珊珊抽咽着说。

"咳，熨完就忘了把烙铁拿开了，是不是？"

— 20 —

珊珊点头，眼巴巴地望着众人，期待着有什么解救的办法。

"没事儿你可熨它干吗？你还不会呀！"

"一开学我……我就得演出了。"

"不行了，褥子也许还凑合用，这床单算是完了。"

珊珊立刻号啕。

"别哭了，哭也没用了。"

"不怕，回来跟你阿姨说清楚，先给她认个错儿。"

"不哭了珊珊，不哭了，等你阿姨回来，我们大伙帮你说说（情）。"

可是谁都明白，珊珊是躲不过一顿好打了。

这是一个传统得不能再传统的故事。"阿姨"者，珊珊的继母。

珊珊才到这个家一年多。此前好久，就有个又高又肥的秃顶男人总来缠着那个"阿姨"。说缠着，是因为总听见他们在吵架，一宿一宿地吵，吵得院子里的人都睡不好觉。可是，吵着吵着忽然又听说他们要结婚了。这男人就是珊珊的父亲。这男人，听说还是个什么长。这男人我不说他胖而说他肥，是因他实在并不太胖，但在夏夜，他摆两条赤腿在树下乘凉，粉白的肉颤呀颤的，小恒说"就像肉冻"，自然就想起肥。据说珊珊一年多前离开的，也是继母。离开继母的家，珊珊本来高兴，谁料又来到一个继母的家。我问奶奶："她亲妈呢？"奶奶说："小孩儿，甭打听。""她亲妈死了吗？""谁说？""那她干吗不去找她亲妈？""你可不许去问珊珊，听见没？""怎么了？""要问，我打你。"我嬉皮笑脸，知道奶奶不会打。"你要是问，珊珊可就又得挨打了。"这一说管用，我想那可真是不能问了。我想珊珊的亲妈一定是死了，不然她干吗不来找珊珊呢？

草茉莉开了。夜来香也开了。满院子香风阵阵。下班的人陆续地回来了。炝锅声、炒菜声就像传染，一家挨一家地整个院子都热闹起来。这时有人想起了珊珊。"珊珊呢？"珊珊家烟火未动，门上一把锁。"也不添火也不做饭，这孩子哪儿去了？""坏了，八成是怕挨打，跑了。""跑了？她能上哪儿去呢？""她跟谁说过什么没有？"众人议论纷纷。我看他们既有担心，又有一丝快意——给那个所谓"阿姨"点颜色看，让那个亲爹也上点心吧！

奶奶跑回来问我："珊珊上哪儿了你知道不？"

"我看她是找她亲妈去了。"

众人都来围着我问："她跟你说了？""她是这么跟你说的吗？""她上哪儿去找她亲妈，她说了吗？"

"要是我，我就去找我亲妈。"

奶奶喊："别瞎说！你倒是知不知道她上哪儿了？"

我摇头。

小恒说看见她买菜去了。

"你怎么知道她是买菜去了？"

"她天天都去买菜。"

我说："你屁都不懂！"

众人纷纷叹气，又纷纷到院门外去张望，到菜站去问，在附近的胡同里喊。

我也一条胡同一条胡同地去喊珊珊。走过老庙。走过小树林。走过轰轰隆隆的建筑工地。走过护城河，到了城墙边。没有珊珊，没有她的影子。我爬上城墙，喊她，我想这一下她总该听见了。但是晚霞淡下去，只有晚风从城墙外吹过来。不过，我心里忽然有了一个想法。

我下了城墙往回跑，我相信我这个想法一定不会错。我使劲跑，跑过护城河，跑过工地，跑过树林，跑过老庙，跑过一条又一条胡同，我知道珊珊会上哪儿，我相信没错她肯定在那儿。

小学校。对了，她果然在那儿。

操场上空空旷旷，操场旁一点雪白。珊珊坐在花坛边，抱着肩，蜷起腿，下巴搁在膝盖上，晚风吹动她的裙裾。

"珊珊。"我叫她。

珊珊毫无反应。也许她没听见？

"珊珊，我猜你就在这儿。"

我肯定她听见了。我离她远远地坐下来。

四周有了星星点点的灯光。蝉鸣却是更加地热烈。

我说："珊珊，回家吧。"

可我还是不敢走近她。我看这时候谁也不敢走近她。就连她的"阿姨"也不敢。就连她亲爹也不敢。我看只有她的亲妈能走近她。

"珊珊，大伙都在找你哪。"

在我的印象里，珊珊站起来，走到操场中央，摆一个姿势，翩翩起舞。

　　四周已是万家灯火。四周的嘈杂围绕着操场上的寂静、空旷，还有昏暗，唯一缕白裙鲜明，忽东忽西，飞旋、飘舞……

　　"珊珊回去吧。""珊珊你跳得够好了。""离开学还有好几天哪，珊珊你就先回去吧。"我心里这样说着，但是我不敢打断她。

　　月亮爬上来，照耀着白色的珊珊，照耀她不停歇的舞步；月光下的操场如同一个巨大的舞台。在我的愿望里，也许，珊珊你就这么尽情尽意地跳吧，别回去，永远也不回去，但你要跳得开心些，别这么伤感，别这么忧愁，也别害怕。你用不着害怕呀珊珊，因为，因为再过几天你就要上台去表演这个节目了，是正式的……

　　但是结尾，是这个故事最为悲惨的地方：那夜珊珊回到家，仍没能躲过一顿暴打。而她不能不回去，不能不回到那个继母的家。她无处可去。

　　因而在我永远的童年里，那个名叫珊珊的女孩一直都在跳舞。那件雪白的连衣裙已经熨好了，雪白的珊珊

所以能够飘转进明亮，飘转进幽暗，飘转进遍地树影或
是满天星光……这一段童年似乎永远都不会长大，因为
不管何年何月，这世上总是有着无处可去的童年。

玩具（节选）①

我有生以来第一个玩具是一只红色的小汽车，不足一拃长，铁皮轧制的外壳非常简单，有几个窗但是没有门，从窗间望见一个惯性轮，把后车轮在地上摩擦几下便能"嗷嗷——"地跑。我现在还听得见它的声音。我不记得它最终是怎样离开我的了，有时候我设想它现在在哪儿，或者它现在变成了什么存在于何处。

但是我记得它是怎样来的。那天可谓双喜临门，母亲要带我去北海玩儿，并且说舅舅要给我买那样一只小汽车。母亲给我扣领口上的纽扣时，我记得心里充满庄严；在那之前和在那之后很久，我不知道世上还有比那

① 本文节选自《史铁生全集》（散文·随笔卷）《我与地坛》，北京出版社2017年版。

小汽车更美妙更奢侈的玩具。

到了北海门前，东张西望并不见舅舅的影。我提醒母亲：舅舅是不是真的要给我买个小汽车？母亲说："好吧，你站在这儿等着，别动，我一会儿就回来。"母亲就走进旁边的一排老屋。我站在离那排老屋几米远的地方张望，可能就从这时，那排老屋绿色的门窗、红色的梁柱和很高很高的青灰色台阶，走进了我永不磨灭的记忆。

独自站了一会儿我忽然醒悟，那是一家商店，可能舅舅早已经在里面给我买小汽车呢，我便走过去，爬上很高很高的台阶。屋里人很多，到处都是腿，我试图从拥挤的腿之间钻过去靠近柜台，但每一次都失败，刚望见柜台就又被那些腿挤开。那些腿基本上是蓝色的，不长眼睛。我在那些蓝色的旋涡里碰来转去，终于眼前一亮，却发现又站在商店门外了。不见舅舅也不见母亲，我想我还是站到原来的地方去吧，就又爬下很高很高的台阶，远远地望那绿色的门窗和红色的梁柱。

一眨眼，母亲不知从哪儿来了，手里托着那只小汽车。我便有生第一次摸到了它，才看清它有几个像模像样的窗但是没有门——对此我一点都没失望，只是有过一秒钟的怀疑和随后好几年的设想，设想它应该有怎样一个门才好。我是一个容易惭愧的孩子，抱着那只小汽车觉得不应该只是欢喜。

我问："舅舅呢，他怎么还不出来？"

母亲愣一下，随着我的目光向那商店高高的台阶上张望，然后笑了说："不，舅舅没来。"

"不是舅舅给我买吗？"

"是，舅舅给你买的。"

"可他没来呀？"

"他给我钱，让我给你买。"

这下我听懂了，我说："是舅舅给的钱，是您给我买的对吗？"

"对。"

"那您为什么说是舅舅给我买的呢？"

"舅舅给的钱，就是舅舅给你买的。"

我又糊涂了："可他没来他怎么买呢？"

那天在北海的大部分时间，母亲都在给我解释为什么这只小汽车是舅舅给我买的。我听不懂，无论母亲怎样解释我绝不能理解。甚至在以后的好几年中我依然冥顽不化固执己见，每逢有人问到那只小汽车的来历，我坚持说："我妈给我买的。"或者再补充一句："舅舅给的钱，我妈进到那排屋子里去给我买的。"

对，那排屋子：绿色的门窗，红色的柱子，很高很高的青灰色台阶。我永远不会忘。惠特曼的一首诗中有这样一段："有一个孩子逐日向前走去；／他看见最初的东西，他就倾向那东西；／于是那东西就变成了他的一部分，在那一天，或在那一天的某一部分，／或继续了好几年，或好几年结成的伸展着的好几个时代。"正是这样，那排老屋成了我的一部分。

很多年后，当母亲和那只小汽车都已离开我，当童年成为无比珍贵的回忆之时，我曾几次想再去看看那排老屋。可是非常奇怪，我找不到它。它孤零且残缺地留在我的印象里，绿色的门窗、红色的梁柱和高高的台阶……

老海棠树（节选）[1]

　　如果可能，如果有一块空地，不论窗前屋后，要是能随我的心愿种点儿什么，我就种两棵树。一棵合欢，纪念母亲。一棵海棠，纪念我的奶奶。

　　奶奶，和一棵老海棠树，在我的记忆里不能分开；好像她们从来就在一起，奶奶一生一世都在那棵老海棠树的影子里张望。

　　老海棠树近房高的地方，有两条粗壮的枝丫，弯曲如一把躺椅，小时候我常爬上去，一天一天地就在那儿玩。奶奶在树下喊："下来，下来吧，你就这么一天到

　　① 本文节选自《史铁生全集》（长篇散文与随笔卷）《记忆与印象》，北京出版社 2016 年版。

晚待在上头不下来了？"是的，我在那儿看小人书，用弹弓向四处射击，甚至在那儿写作业，书包挂在房檐上。"饭也在上头吃吗？"对，在上头吃。奶奶把盛好的饭菜举过头顶，我两腿攀紧树丫，一个海底捞月把碗筷接上来。"觉呢，也在上头睡？"没错。四周是花香，是蜂鸣，春风拂面，是沾衣不染的海棠花雨。奶奶站在地上，站在屋前，老海棠树下，望着我；她必是羡慕，猜我在上头是什么感觉，都能看见什么？

但她只是望着我吗？她常独自呆愣，目光渐渐迷茫，渐渐空荒，透过老海棠树浓密的枝叶，不知所望。

春天，老海棠树摇动满树繁花，摇落一地雪似的花瓣。我记得奶奶坐在树下糊纸袋，不时地冲我叨唠："就不说下来帮帮我？你那小手儿糊得多快！"我在树上东一句西一句地唱歌。奶奶又说："我求过你吗？这回活儿紧！"我说："我爸我妈根本就不想让您糊那破玩意儿，是您自己非要这么累！"奶奶于是不再吭声，直起腰，喘口气，这当儿就又呆呆地张望——从粉白的花间，一直到无限的天空。

或者夏天，老海棠树枝繁叶茂，奶奶坐在树下的浓荫里，又不知从哪儿找来了补花的活儿，戴着老花镜，埋头于床单或被罩，一针一线地缝。天色暗下来时她冲我喊："你就不能劳驾去洗洗菜？没见我忙不过来吗？"我跳下树，洗菜，胡乱一洗了事。奶奶生气了："你们上班上学，就是这么糊弄？"奶奶把手里的活儿推开，一边重新洗菜一边说："我就一辈子得给你们做饭？就不能有我自己的工作？"这回是我不再吭声。奶奶洗好菜，重新捡起针线，从老花镜上缘抬起目光，又会有一阵子愣愣地张望。

　　有年秋天，老海棠树照旧果实累累，落叶纷纷。早晨，天还昏暗，奶奶就起来去扫院子，"唰啦——唰啦——"院子里的人都还在梦中。那时我大些了，正在插队，从陕北回来看她。那时奶奶一个人在北京，爸和妈都去了干校。那时奶奶已经腰弯背驼。"唰啦唰啦"的声音把我惊醒，赶紧跑出去："您歇着吧我来，保证用不了三分钟。"可这回奶奶不要我帮。"咳，你呀！你还不懂吗？我得劳动。"我说："可谁能看得见？"奶奶说："不能那样，人家看不看得见是人家的事，我得自觉。"她扫完了院子又去扫街。"我跟您一块儿扫行不？""不行。"

这样我才明白，曾经她为什么执意要糊纸袋，要补花，不让自己闲着。有爸和妈养活她，她不是为挣钱，她为的是劳动。她的成分随了爷爷算地主。虽然我那个地主爷爷三十几岁就一命归天，是奶奶自己带着三个儿子苦熬过几十年，但人家说什么？人家说："可你还是吃了那么多年的剥削饭！"这话让她无地自容。这话让她独自愁叹。这话让她几十年的苦熬忽然间变成屈辱。她要补偿这罪孽。她要用行动证明。证明什么呢？她想着她未必不能有一天自食其力。奶奶的心思我有点儿懂了：什么时候她才能像爸和妈那样，有一份名正言顺的工作呢？大概这就是她的张望吧，就是那老海棠树下屡屡的迷茫与空荒。不过，这张望或许还要更远大些——她说过：得跟上时代。

所以冬天，所有的冬天，在我的记忆里，几乎每一个冬天的晚上，奶奶都在灯下学习。窗外，风中，老海棠树枯干的枝条敲打着屋檐，磨擦着窗棂。奶奶曾经读一本《扫盲识字课本》，再后是一字一句地念报纸上的头版新闻。在《奶奶的星星》里我写过：她学《国歌》

一课时，把"吼声"念成"孔声"。我写过我最不能原谅自己的一件事：奶奶举着一张报纸，小心地凑到我跟前："这一段，你给我说说，到底什么意思？"我看也不看地就回答："您学那玩意儿有用吗？您以为把那些东西看懂，您就真能摘掉什么帽子？"奶奶立刻不语，唯低头盯着那张报纸，半天半天目光都不移动。我的心一下子收紧，但知已无法弥补。"奶奶。""奶奶！""奶奶——"我记得她终于抬起头时，眼里竟全是惭愧，毫无对我的责备。

但在我的印象里，奶奶的目光慢慢地离开那张报纸，离开灯光，离开我，在窗上老海棠树的影子那儿停留一下，继续离开，离开一切声响甚至一切有形，飘进黑夜，飘过星光，飘向无可慰藉的迷茫与空荒……而在我的梦里，我的祈祷中，老海棠树也便随之轰然飘去，跟随着奶奶，陪伴着她，围拢着她；奶奶坐在满树的繁花中，满地的浓荫里，张望复张望，或不断地要我给她说说："这一段到底是什么意思？"——这形象，逐年地定格成我的思念，和我永生的痛悔。

树林里的上帝

人们说，她是个疯子。她常常到河边那片黑苍苍的树林中去游荡，穿着雪白的连衣裙，总嘀嘀咕咕地对自己说着什么，像一个幽灵。

那儿有许多将信将疑：蝉、蜻蜓、蜗牛、蚂蚱、蜘蛛……她去寻找每一只遇难的小虫。

一只甲虫躺在青石上，绝望地空划着细腿。她小心地帮它翻身。看它张开翅膀飞去，她说："它一定莫名其妙，一定在感谢命运之神呢。"

几只蚂蚁吃力地拖着一块面包屑。她用树叶把面包屑铲起，送到了蚁穴近旁。她笑了，想起一句俗话：天上掉馅饼。"它们回家后一定是又惊又喜。"她说。"庆祝上帝的恩典吧！"

一个小伙子用气枪瞄准着树上的麻雀。她急忙捡起一块石子，全力向树上抛去。鸟儿"扑棱棱"飞上了高空……几个老人在河边垂钓。她唱着叫着，在河边奔跑，鱼儿惊惶地沉下了河底……孩子们猫着腰，端着网，在捕蜻蜓。她摇着一根树枝把蜻蜓赶跑……这些是她最感快慰的事情。自然，这要招来阵阵恶骂："疯子！臭疯子！"但她毫无反应。她正陶醉在幸福中。她对自己说："我就是它们的上帝，它们的命运之神。"

然而，有一种情况却使她茫然：一只螳螂正悄悄地接近一只瓢虫。是夺去螳螂赖以生存的口粮呢，还是见瓢虫死于非命而不救？她只是双手使劲地揉搓着裙子，焦急而紧张地注视着螳螂和瓢虫，脸色煞白。她不知道该让谁死、谁活。直至那弱肉强食的斗争结束，她才颓然坐在草地上。"我不是一个善良的上帝。"她说。而且她怀疑了天上的上帝：他既是芸芸众生的救星，为什么一定要搞成你死我活的局面？

她在林中游荡，嘀嘀咕咕的，像一个幽灵。

一天，她看见几个孩子用树枝拨弄着一只失去了螫针的蜜蜂。那只蜜蜂滚得浑身是土，疲惫地昏头昏脑地爬。她小时候就听姥姥讲过，蜜蜂丢了螫针就要被蜂群拒之门外，它会孤独地死去。蜜蜂向东爬，孩子们把它拨向西，它向西爬，又被拨向东。她走过去，一脚把那只蜜蜂踩死了。她呆呆地望着天空……

她从此不再去那树林。

秋（节选）[1]

小姑娘睡着了，坐着，就睡着了。

老头儿把小竹车的前轮翘得悬空起来。孩子是坐在后轮这一边的，这样她就等于是躺着了，能睡得舒服些。老头儿推着竹车往前走，比原来费劲多了。落叶在他脚下"吱吱"地响。

老头儿觉得太阳很温和。可是，小姑娘一会儿把脸扭向这边，一会儿又扭向那边。路边有一块大石头，他把竹车的前轮架在上面，支开一把伞，罩在车上，然后推起车再往前走。孩子安稳地睡在伞荫里，她刚才玩得太累了。

---

[1] 本文节选自《史铁生全集》（短篇小说·小小说卷）《第一人称》，北京出版社 2016 年版。

他走得很慢，也许是因为老了，也许是怕晃醒了孩子。他已经穿上了棉裤，腿有病。小姑娘却还偏要穿着那件红色的连衣裙，好在总算给她套上了一件黄毛衣，又穿上了毛裤。这会儿孩子睡着了，老头儿又觉得寂寞。他吃力地把稳竹车，前车轮才不至于垂下去。上路被夏天的雨水弄得坑坑洼洼，需要十分小心，车里的小姑娘才不会被震醒。

路上挺安静。不知从哪一天起蝉就不叫了，老头儿还答应给孩子捉一只呢，一夏天都没捉到。他想起小时候爬上树去掏鸟窝的事，他的爷爷在树下喊，怕他摔坏了腿。那时他不在乎，现在可不行了，腿总是疼，不得劲儿。唉！总要跑医院，总得去扎针……

竹车震了一下，老头儿慌忙低下头，从伞边望望孩子。小姑娘睡着了。他不敢再去想别的，注意看着前面的路，把前车轮再翘高些。

一路上他总听见什么地方响着一种琴声。

老头儿坐在医院的长椅上时，才觉得胳膊和腰也有些酸疼了。他轻轻地揉着，捶着。

"哈哈，你醒啦？"他拿掉伞，发现孩子醒了。

小姑娘睁着眼睛，愣着。

"你喝不喝点儿水？橘子水？"老头儿晃着水瓶。

孩子四下里张望。

"找你的小狗熊？"他从提兜里掏出一个毛茸茸的小狗熊，摇着，又捶捶背。

"爷爷，谁在弹琴？"小姑娘睖睁着问。

"琴？"老头儿也四下里张望，他也总听见一种琴声，"没有，没有琴，是你在做梦。"

老头儿被大夫叫进去扎针了。

孩子玩着小狗熊。她看见窗外滚动着金黄的落叶，闪闪地耀眼，一层层掀起，又落下。

她长大了还记得：爷爷腿疼，腿上扎了好多针。还记得琴声似的秋风……

冬（节选）[①]

　　弟弟用手指头化开了玻璃上的一块冰花，看见了黑漆漆的夜。门上有一个小洞，他把玩具手枪的枪筒插出去，对准外面呼啸的北风。

　　妈妈不在家。一到晚上她就到大森林中去。

　　"妈妈一个人不怕吗？"弟弟转过身来问。

　　"不怕。"姐姐回答。姐姐正在灯下做功课。

　　"妈妈干吗非得去不可呢？"

　　"妈妈得去照看森林里的那条路。"

　　"有狼吗？"

　　姐姐没回答，望望墙上爸爸的遗像，想：那时候自

_____

① 本文节选自《史铁生全集》（短篇小说·小小说卷）《第一人称》，北京出版社 2016 年版。

己和弟弟现在一般大。"困吗?"姐姐问。

弟弟摇摇头,把枪筒插出去,开一枪。又开了一枪。又开了一枪……外面的风还是很大,远处的大森林恐怖地喧嚣着。

"妈妈非得去照看那条路吗?"弟弟问。

"当然。火车得把木材运出去。"

弟弟坐在小板凳上想着:妈妈不会碰到狼,因为狼已经被猎人打死了。他去找那本小人书。

他翻到了那一页,给姐姐看:"看,没有狼。"

姐姐看着爸爸的遗像。她想起爸爸最后对她说的话:"其实有狼,森林里常常会有狼。你怕吗?"那时候,弟弟还不懂事,只有一岁。

"有狼。"姐姐说,"爸爸打死过很多狼,可那回爸爸又碰到了很多狼……"

弟弟坐在炕上想着。姐姐又往炉膛里加了几块柴。窗玻璃上的冰花又结满了。

"爸爸干吗要到森林里去?"

"爸爸得去照看那条路。"

"非照看那条路不可吗?"

"当然。火车要把兽皮和药材运出去。"

"你敢到大森林里去吗？"

"你呢？"

弟弟又化开玻璃上的冰花，望着黑夜，听着北风在森林中穿行，想象着自己敢不敢去。

后来，他睡着了，玩具手枪还插在门上的那个小洞上。

命若琴弦（节选）[①]

  莽莽苍苍的群山之中走着两个瞎子，一老一少，一前一后，两顶发了黑的黑帽起伏攒动，匆匆忙忙，像是随着一条不安静的河水在漂流。无所谓从哪儿来，也无所谓到哪儿去，每人带一把三弦琴，说书为生。

  方圆几百上千里这片大山中，层峦叠嶂，沟壑纵横，人烟稀疏，走一天才能见一片开阔地，有几个村落。荒草丛中随时会飞起一对山鸡，跳出一只野兔、狐狸或者其他小野兽。山谷中常有鹞鹰盘旋。

  寂静的群山没有一点阴影，太阳正热得凶。

  "把三弦子抓在手里。"老瞎子喊，在山间震起回声。

---

  ① 本文节选自《史铁生全集》（中篇小说卷）《命若琴弦》，北京出版社 2016 年版。

"抓在手里呢。"小瞎子回答。

"操心身上的汗把三弦子弄湿了。弄湿了晚上弹你的肋条！"

"抓在手里呢。"

老少二人都赤着上身，各自拎了一条木棍探路，缠在腰间的粗布小褂已经被汗水洇湿了一大片。蹚起来的黄土干得呛人。这正是说书的旺季。天长，村子里的人吃罢晚饭都不待在家里；有的人晚饭也不在家吃，捧上碗到路边去，或者到场院里。老瞎子想赶着多说书，整个热季领着小瞎子一个村子一个村子紧走，一晚上一晚上紧说。老瞎子一天比一天紧张、激动，心里算定：弹断一千根琴弦的日子就在这个夏天了，说不定就在前面的野羊坳。

暴躁了一整天的太阳这会儿正平静下来，光线开始变得深沉。远远近近的蝉鸣也舒缓了许多。

"小子！你不能走快点吗？"老瞎子在前面喊，不回头也不放慢脚步。

小瞎子紧跑几步，吊在屁股上的一只大挎包丁零哐啷地响，离老瞎子仍有几丈远。

"野鸽子都往窝里飞啦。"

"什么？"小瞎子又紧走几步。

"我说野鸽子都回窝了，你还不快走！"

"噢。"

"你又鼓捣我那电匣子呢。"

"噫——鬼动来。"

"那耳机子快让你鼓捣坏了。"

"鬼动来！"

老瞎子暗笑：你小子才活了几天？"蚂蚁打架我也听得着。"老瞎子说。

小瞎子不争辩了，悄悄把耳机子塞到挎包里去，跟在师父身后闷闷地走路。无尽无休的无聊的路。

走了一阵子，小瞎子听见有只獾在地里啃庄稼，就使劲学狗叫，那只獾连滚带爬地逃走了，他觉得有点开心，轻声哼了几句小调儿，哥哥呀妹妹的。师父不让他养狗，怕受村子里的狗欺负，也怕欺负了别人家的狗，误了生意。又走了一会儿，小瞎子又听见不远处有条蛇在游动，弯腰摸了块石头砍过去，"哗啦啦"一阵子高粱叶子响。老瞎子有点儿可怜他了，停下来等他。

"除了獾就是蛇。"小瞎子赶忙说，担心师父骂他。

"有了庄稼地了，不远了。"老瞎子把一个水壶递给徒弟。

"干咱们这营生的，一辈子就是走。"老瞎子又说，"累不？"

小瞎子不回答，知道师父最讨厌他说累。

"我师父才冤呢。就是你师爷，才冤呢，东奔西走一辈子，到了儿没弹够一千根琴弦。"

小瞎子听出师父这会儿心绪好，就问："师父，什么是绿色的长乙（椅）？"

"什么？噢，八成是一把椅子吧。"

"曲折的油狼（游廊）呢？"

"油狼？什么油狼？"

"曲折的油狼。"

"不知道。"

"匣子里说的。"

"你就爱瞎听那些玩意儿。听那些玩意儿有什么用？天底下的好东西多啦，跟咱们有什么关系？"

"我就没听您说过，什么跟咱们有关系。"小瞎子把"有"字说得重。

"琴！三弦琴！你爹让你跟了我来，是为让你弹好三弦子，学会说书。"

小瞎子故意把水喝得咕噜噜响。

再上路时小瞎子走在前头。

大山的阴影在沟谷里铺开来。地势也渐渐地平缓，开阔。

接近村子的时候，老瞎子喊住小瞎子，在背阴的山脚下找到一个小泉眼。细细的泉水从石缝里往外冒，淌下来，积成脸盆大的小洼，周围的野草长得茂盛，水流出几十米便被干渴的土地吸干。

"过来洗洗吧，洗洗你一身臭汗味儿。"

小瞎子拨开野草在水洼边蹲下，心里还猜想着"曲折的油狼"。

"把浑身都洗洗。你那样儿准像个小叫花子。"

"那您不就是个老叫花子了？"小瞎子把手按在水里，嘻嘻地笑。

老瞎子也笑，双手捧起水往脸上泼："可咱们不是叫花子，咱们有手艺。"

"这地方咱们好像来过。"小瞎子侧耳听着四周的动静。

"可你的心思总不在学艺上。你这小子心太野，老人的话你从来不着耳听。"

"咱们准是来过这儿。"

"别打岔！你那三弦子弹得还差着远呢。咱这命就在几根琴弦上，我师父当年就这么跟我说。"

泉水清凉凉的。小瞎子又哥哥呀妹妹地哼起来。

老瞎子挺来气："我说什么你听见了吗？"

"咱这命就在这几根琴弦上，您师父我师爷说的。我就听过八百遍了。您师父还给您留下一张药方，您得弹断一千根琴弦才能去抓那服药，吃了药您就能看见东西了。我听说过一千遍了。"

"你不信？"

小瞎子不正面回答，说："干吗非得弹断一千根琴弦才能去抓那服药呢？"

"那是药引子。机灵鬼儿，吃药得有药引子！"

"一千根断了的琴弦还不好弄？"小瞎子忍不住咻咻地笑。

"笑什么笑！你以为你懂得多少事？得真正是一根一根弹断了的才成。"

小瞎子不敢吱声了，听出师父又要动气。每回都是这样，师父容不得对这件事有怀疑。

老瞎子也没再作声，显得有些激动，双手搭在膝盖上，两颗骨头一样的眼珠对着苍天，像是一根一根地回忆着那些弹断的琴弦。盼了多少年了呀，老瞎子想，盼了五十年了！五十年中翻了多少架山，走了多少里路哇，挨了多少回晒，挨了多少回冻，心里受了多少委屈呀。一晚上一晚上地弹，心里总记着，得真正是一根一根尽心尽力地弹断的才成。现在快盼到了，绝出不了这个夏天了。老瞎子知道自己又没什么能要命的病，活过这个夏天一点儿不成问题。"我比我师父可运气多了，"他说，"我师父到了儿没能睁开眼睛看一回。"

"咳！我知道这地方是哪儿了！"小瞎子忽然喊起来。

老瞎子这才动了动，抓起自己的琴来摇了摇，叠好的纸片碰在蛇皮上发出细微的响声，那张药方就在琴槽里。

黑黑（节选）[1]

　　夜里，黑黑生下了一窝小狗。

　　儿女一落地就能安慰母亲的心了，它们"叽叽叽"地争抢着奶头；奶汁流进了儿女的小嘴巴，母亲的屈辱还算得了什么呢？黑黑舔舔这个儿子的脑门儿，吻吻那个女儿的眼窝，哼哼唧唧地唱一回，眼睛里充满了慈爱和满足。冷寂的窑前有了生机。

　　从院前经过的人们又都停下来，围着柳条筐看一会儿，赞叹一会儿，好像忘记了黑黑一时的不轨行为，又记起了它是一条好狗。

　　"喂，要养狗的就抱这狗儿子，保险把家看得好，

　　① 本文节选自《史铁生全集》（短篇小说·小小说卷）《第一人称》，北京出版社 2016 年版。

保险！"

"再让黑黑给奶一阵儿吧，狗儿子将来长得壮实些儿。"

"黑黑抓过獾呢！"

"张山那几张獾皮闹卖了钱儿！"

"有一回狼来拱张山家的猪圈，黑黑拼了死命……"

……

黑黑和它的儿女们就这样在柳条筐里厮守了好几天。

小狗们吃得越来越多了，黑黑的奶子又瘪了。它又拖着瘦弱的身子四处奔走了。

正是深秋，庄稼收完了，田野里一片萧条。黑黑一无所获。

正是荒年，夏天的洪水把麦子毁了，秋粮也所收无几，家家锅里又都熬着米汤，蒸着糠团。黑黑一无所获。

食槽被舔得精光，老母猪也饿得直哼哼。

人粪也难找……

小狗们在叫，在哭。它们还不会自己觅食。

黑黑每天拖着疲乏的身子出去，怀着受了打击的心回来，把干瘪的奶头塞进儿女们的小嘴。儿女们又受了骗似的哭叫……黑黑的目光又呆滞了。它大约是后悔了那山野里的欢乐，生活比它设想的要艰难得多。

在一个月黑风高的夜晚，黑黑仍旧饥肠辘辘地到处奔走着。家家户户都闭了院门。黑黑不敢回去领受儿女们的责备，也不忍心再去用干瘪的奶头哄骗它们。它追击了一只野兔，但没追着。它又追击一只妄图偷鸡的狐狸，仍然只落了个气喘吁吁、浑身酸软。后来，它看见了一只觊觎羊圈的饿狼，自己瘦得已不是人家的对手，便只有嚎叫一阵，狗仗人势的份儿。狼逃了，黑黑走近羊圈。不知是那高尚母性的驱使，还是那原始野性的复活，它受了血肉的吸引，竟一时忘却了做狗的本分，它奇怪自己为什么没有早点发现这些丰盛的美味——大概是这样吧，总而言之，我也不知道它施展了怎样的本领，竟然拱开了那布满葛针的柴门，拖走了一只小羊。假若它把小羊就地吃光，再舔净嘴上的血迹，大约谁也不会怀疑这不是狼干的事。但黑黑却自以为高明地又把柴门关好，叼着小羊来博儿女的欢心。也许它做好了挨一顿痛打的准备，但它不明白，这罪行已经超过了人们所能容忍的限度。

男孩子和我也慌了手脚，急忙帮助黑黑掩盖罪行——擦干净筐边的血迹，把吃剩下的皮、骨扔进河里。然后，我狠狠踢了它几脚。黑黑反而安心了，以为人们体谅了它的苦衷，宽恕了它的错误，它又可以重新做一只好狗了。

但是，老羊倌的狗从来就比一般的狗聪敏，那夜它追击了那只饿狼回来，立刻就发现上了黑黑的当。很快，人们便找到了罪魁祸首。

黑黑的刑期到了，但它毫无准备，仍在和儿女们嬉戏玩耍。

人们围在柳条筐边。黑黑绝没料到会后患无穷，以为既已挨了打，并得到了宽恕，此番人们绝不会再有恶意。但还是需要再讨好一番，它向人们摇尾。

"从前是那么一只好狗。"人们说。

黑黑不懂"从前"二字的含义，但因为常听便似乎是听懂了"好狗"二字。它把前爪伸给人们。

人们一巴掌把它打了个趔趄，它理解成"闹着玩儿"，便又在熟识的人们腿边转来转去。人们又一脚把它踢翻，它以为这一翻滚，大约更能说明自己的忠诚。

"可是一回吃了羊，它就会记下羊的味道，下回还要吃。"人们把绳子打了个活结。

小狗们尖声地叫了。黑黑跳进柳条筐，舔舔这个，舔舔那个。没什么可怕的，将来你们也要跟人们去的，要做一只好狗——黑黑的目光是那样平静，那样憨厚。

人们把绳索往黑黑脖子上套。黑黑伸长脖子欣然接受，以为那是人们的特殊奖赏，以为那正是一只好狗的殊荣——城里那只会钻火圈的肥狗，脖子上就有一条漂亮的锁链……

但是，绳索拉紧了。黑黑跟着拉住绳索的人跑，它似乎有些诧异了：为什么这绳索越来越紧呢？

黑黑渐渐感到出了问题：那么多陌生人倚在西窑门前，坐在它的"神坛"的窗台上，它发出尖声的警告。

拉绳的人把绳子的另一头扔过一杈树枝，然后用劲拉。黑黑觉得这玩笑开得实在有些过分了：它尖声地抗议。

而人们并不松手，并且几个人一起拉。黑黑感到窒息，但还没容得它醒悟，它的身体已经悬向半空。

黑黑那最后一闪的目光给我印象极深，是那样惶惑，那样惊恐，那样冤屈。它看见了什么呢？也许看见了它的主人，也许看见了它的"神坛"，也许看见了往日的欢乐和功勋……谁知道！也许它终于看见了无边的黑暗，但已经来不及了。它只来得及侧过脸去，望了一眼它的柳条筐。

小狗们正扒在筐沿上，津津有味地看着母亲又蹦又跳的精彩表演。它们能懂得什么呢？当它们长成大狗的时候，这记忆早已经磨灭了，即使记得，也只会以为那是一只好狗的善终。

是我和男孩子把黑黑的尸体拖到村后的山坡上，埋了。我鄙视它，虽然它那副忠厚相儿总浮上眼前，让我心酸。我忽然懂得了狗类的无望，同时看见了人类的光明。人，可以随时发现黑暗的萌生，从而寻得战胜黑暗的道路……

看音乐

　　我应该算个音乐盲，至少是半盲。喜欢的曲子不多，因为听得就少。听得少，是因为总也不能在干着其他事情的时候听，又很少找张盘来专门听。那可还什么时候听呢！通常是不经意间，一段旋律忽然撞准了我的心情，这才放开手里的事，专下心来听。听那旋律在耳边飘游、漫展，空间仿佛越来越大，时间仿佛越来越远，物我皆虚，眼前却是气象纷繁，有过的和没有过的情景潮涌风飞般地聚来，也不分先后，也无需逻辑，唯心中空阔，是一种——像有人说的那样——"平静的坏心情"。可一旦这样，就又不能专注，在屋子里待不住似的，只想出去走，哪儿都行，荒山野岭，大漠长河，好像只有那样一路走一路听它才对劲儿。否则就像姜文有一回说的：喝酒得用大碗，俩指头捏个小杯子总感觉不够正派。

然而我注定是得待在屋里了。很可能，这就是我更适合写而不是听的缘故。

有回我去看一场音乐会——标准的外行话！不过我发现，音乐会确是可以看并且需要看的。那么庞大的一个组织，那么纷杂的人员和器具，竟发出着那么和谐的声响，先已让人有所感叹。然后，不由得去看他们每一个人的表情，想他们每一个人的身世，唯此——对我来说——所有的声音才都更加鲜活起来，不仅仅是一首首名家的名曲了。

给我印象最深的是一位老者，须发皆白，戴顶小圆帽儿，估计是个犹太人。他吹长笛，好像是《自新大陆》，长笛时而横在唇，时而握于胸前，从容尊贵的神情从始至终。头几乎不动，唯转动眼珠去核查乐谱，去跟随台前的指挥。眼珠深陷，似显灰白，也许是灯光的缘故吧，却炯然闪烁，给我的印象是沧桑历尽，犹自眼望神光。或许，他就是几十年前一个逃出集中营的孩子吧，而后在那片缺水的沙漠上建设家园，说不定他身上跳动的正是亚伯拉罕或约伯的血脉。偶尔，有一段长笛突出的吹奏，但很快，那孤独忧郁的曲调又融入轰鸣的交响。长笛还是那样横在唇边，握于胸前，老人神态依然。在他近旁有一位黑人青年，一把闪亮的圆号，那声音让人想起旷野，让人回到非洲广袤的荒原。他是怎样走来跟这老人坐到一起的？会不会，他就曾跟汤姆叔叔同乘一条船？唔，当然，那时候还没有他。那时候也还没有这位老人。那时候，目前世界上这几十亿人都还没有出生。但是否从那时就已注定，有一天，我要来看这个黑人小伙儿跟这位犹太老人同台演奏？角落里还有一位中国姑娘，但也许是日本人、越南人，或者马来西亚人。在这样的时候，这样的音乐会上，国的问题像是个委琐的问题，一条条人为的界线绝不是人类的光荣。整个音乐会中，我就这么外行地看，看那音乐在每一个唇边或指尖上流过，又在每一个唇边或指尖上迎来，每一个演奏者的历史都牵连出全人类的历史，每一条生命线索都牵连进所有人的心情。

所以人们不惜千金、不远万里地要去参加一个音乐会。仅仅是CD，躺在屋子里听，太不够了。不是音色不够，是心情不够。音乐会实在是一种仪式，是要看的，看每一个人的到来，看每一个人的庄严与虔敬。我没考证过，但我相信，音乐必是源于仪式，祭祀或祈祷的仪式。仪式的要点在于，把容易忘记的事凝聚起来给你看，把生命的征兆显现出来给你看。"听音乐会"仍然还是内行话，"看音乐会"的却不该再被认为是外行。参加，啥意思？现场感，究竟是感到了什么？屋子里总归有点儿封闭。旷野上却并不孤独。

　　我的小外甥告诉过我他的音乐感受：某种描绘具体场景、具体心情的音乐，让你跟着它走，难免会使想象束缚于一时域，而比如说巴赫式的抽象，却能让你无边无际地行走。旷野所以不是孤独，在那儿不被眼前的事物束缚，才能看到更多的情景，更多的心情，更多和更悠久的历史；其优势在于，你会把一切都看得更值得，而行走恰是对之最好的配合。

我的梦想

　　也许是因为人缺了什么就更喜欢什么吧，我的两条腿一动不能动，却是个体育迷。我不光喜欢看足球、篮球以及各种球类比赛，也喜欢看田径、游泳、拳击、滑冰、滑雪、自行车和汽车比赛，总之我是个全能体育迷。当然都是从电视里看，体育场馆门前都有很高的台阶，我上不去。如果这一天电视里有精彩的体育节目，好了，我早晨一睁眼就觉得像过节一般，一天当中无论干什么心里都想着它，一分一秒都过得愉快。有时我也怕很多重大比赛集中在一天或几天（譬如刚刚闭幕的奥运会），那样我会把其他要紧的事都耽误掉。

　　其实我是第二喜欢足球，第三喜欢文学，第一喜欢田径。我能说出所有田径项目的世界纪录是多少，是由谁保持的，保持的时间长还是短。譬如说男子跳远纪录是由比蒙保持的，二十年了还没有人能破；不过这事不大公平，比蒙是在地处高原的墨西哥城跳出这八米九〇的，而刘易斯在平原跳出的八米七二事实上比前者还要伟大，但不能算世界纪录。这些纪录是我顺便记住的，田径运动的魅力不在于纪录，人反正是干不过上帝；但人的力量、意志和优美却能从那奔跑与跳跃中得以充分展现，这才是它的魅力所在，它比任何舞蹈都好看，任何舞蹈跟它比起来都显得矫揉造作甚至故弄玄虚。也许是我见过的舞蹈太少了。而你看刘易斯或者摩西跑起来，你会觉得他们是从人的原始中跑来，跑向无休止的人的未来，全身如风似水般滚动的肌肤就是最自然的舞蹈和最自由的歌。

我最喜欢并且羡慕的人就是刘易斯。他身高一米八八，肩宽腿长，像一头黑色的猎豹，随便一跑就是十秒以内，随便一跳就在八米开外，而且在最重要的比赛中他的动作也是那么舒展、轻捷、富于韵律；绝不像流行歌星们的唱歌，唱到最后总让人怀疑这到底是要干什么。不怕读者诸君笑话，我常暗自祈祷上苍，假若人真能有来世，我不要求别的，只要求有刘易斯那样一副身体就好。我还设想，那时的人又会普遍比现在高了，因此我至少要有一米九以上的身材；那时的百米速度也会普遍比现在快，所以我不能只跑九秒九几。作小说的人多是白日梦患者。好在这白日梦并不令我沮丧，我是因为现实的这个史铁生太令人沮丧，才想出这法子来给他宽慰与向往。我对刘易斯的喜爱和崇拜与日俱增。相信他是世界上最幸福的人。我想若是有什么办法能使我变成他，我肯定不惜一切代价；如果我来世能有那样一个健美的躯体，今生这一身残病的折磨也就得了足够的报偿。

奥运会上，约翰逊战胜刘易斯的那个中午我难过极了，心里别别扭扭别别扭扭的一直到晚上，夜里也没睡好觉。眼前老翻腾着中午的场面：所有的人都在向约翰逊欢呼，所有的旗帜和鲜花都向约翰逊挥舞，浪潮般的记者们簇拥着约翰逊走出比赛场，而刘易斯被冷落在一旁。刘易斯当时那茫然若失的目光就像个可怜的孩子，让我一阵阵心疼。一连几天我都闷闷不乐，总想着刘易斯此刻会怎样痛苦，不愿意再看电视里重播那个中午的比赛，不愿意听别人谈论这件事，甚至替刘易斯嫉妒着约翰逊，在心里找很多理由向自己说明还是刘易斯最棒；自然这全无济于事，我竟似比刘易斯还败得惨，还迷失得深重。这岂不是怪事吗？在外人看来这岂不是精神病吗？我慢慢去想其中的原因。是因为一个美的偶像被打碎了吗？如果仅仅是这样，我完全可以惋惜一阵再去树立起约翰逊嘛，约翰逊的雄姿并不比刘易斯逊色。是因为我这人太恋旧，骨子里太保守吗？可是我非常明白，后来者居上是最应该庆祝的事。或者是刘易斯没跑好让我遗憾？可是九秒九二是他最好的成绩。到底为什么呢？最后我知道了：我看见了所谓"最幸福的人"的不幸，刘易斯那茫然的目光使我的"最幸福"的定义动摇了继而粉碎了。上帝从来不对任何人施舍"最幸福"这三个字，他在所有人的欲望前面设下永恒的距离，公平地给每一个人以局限。如果不能在超越自我局限的无尽路途上去理解幸福，那么史铁生的不能跑与刘易斯的不能跑得更快就完全等同，都是沮丧与痛苦的根源。假若刘易斯不能懂得这些事，我相信，在前述那个中午，他一定是世界上最不幸的人。

在百米决赛后的第二天，刘易斯在跳远决赛中跳出了八米七二，他是个好样的。看来他懂，他知道奥林匹斯山上的神火为何而燃烧，那不是为了一个人把另一个人战败，而是为了有机会向诸神炫耀人类的不屈，命定的局限尽可永在，不屈的挑战却不可须臾或缺。我不敢说刘易斯就是这样，但我希望刘易斯是这样，我一往情深地喜爱并崇拜这样一个刘易斯。

这样，我的白日梦就需要重新设计一番了。至少我不再愿意用我领悟到的这一切，仅仅去换一个健美的躯体，去换一米九以上的身高和九秒七九乃至九秒六九的速度，原因很简单，我不想在来世的某一个中午成为最不幸的人；即使人可以跑出九秒五九，也仍然意味着局限。我希望既有一个健美的躯体又有一个了悟了人生意义的灵魂，我希望二者兼得。但是，前者可以祈望上帝的恩赐，后者却必须在千难万苦中靠自己去获取——我的白日梦到底该怎样设计呢？千万不要说，倘若二者不可兼得你要哪一个？不要这样说，因为人活着必要有一个最美的梦想。

后来得知，约翰逊跑出了九秒七九是因为服用了兴奋剂。对此我们该说什么呢？我在报纸上见了这样一条消息：他的牙买加故乡的人们说，"约翰逊什么时候愿意回来，我们都会欢迎他，不管他做错了什么事，他都是牙买加的儿子。"这几句话让我感动至深。难道我们不该对灵魂有了残疾的人，比对肢体有了残疾的人，给予更多的同情和爱吗？

轻轻地走与轻轻地来（节选）[1]

　　对我而言，开端，是北京的一个普通四合院。我站在炕上，扶着窗台，透过玻璃看它。屋里有些昏暗，窗外阳光明媚。近处是一排绿油油的榆树矮墙，越过榆树矮墙远处有两棵大枣树，枣树枯黑的枝条镶嵌进蓝天，枣树下是四周静静的窗廊。——与世界最初的相见就是这样，简单，但印象深刻。复杂的世界尚在远方，或者，它就蹲在那安恬的时间四周窃笑，看一个幼稚的生命慢慢睁开眼睛，萌生着欲望。

　　奶奶和母亲都说过：你就出生在那儿。

　　其实是出生在离那儿不远的一家医院。生我的时候

　　① 本文节选自《史铁生全集》（长篇散文与随笔卷）《记忆与印象》，北京出版社 2016 年版。

天降大雪。一天一宿罕见的大雪，路都埋了，奶奶抱着为我准备的铺盖蹚着雪走到医院，走到产房的窗檐下，在那儿站了半宿，天快亮时才听见我轻轻地来了。母亲稍后才看见我来了。奶奶说，母亲为生了那么个丑东西伤心了好久，那时候母亲年轻又漂亮。这件事母亲后来闭口不谈，只说我来的时候"一层黑皮包着骨头"，她这样说的时候已经流露着欣慰，看我渐渐长得像回事了。但这一切都是真的吗？

我蹒跚地走出屋门，走进院子，一个真实的世界才开始提供凭证。太阳晒热的花草的气味，太阳晒热的砖石的气味，阳光在风中舞蹈、流动。青砖铺成的十字甬道连接起四面的房屋，把院子隔成四块均等的土地，两块上面各有一棵枣树，另两块种满了西番莲。西番莲顾自开着硕大的花朵，蜜蜂在层叠的花瓣中间钻进钻出，嗡嗡地开采。蝴蝶悠闲飘逸，飞来飞去，悄无声息仿佛幻影。枣树下落满移动的树影，落满细碎的枣花。青黄的枣花像一层粉，覆盖着地上的青苔，很滑，踩上去要小心。天上，或者是云彩里，有些声音，有些缥缈不知所在的声音——风声？铃声？还是歌声？说不清，很久我都不知道那到底是什么声音，但我一走到那块蓝天下面就听见了他，甚至在襁褓中就已经听见他了。那声音清朗，欢欣，悠悠扬扬，不紧不慢，仿佛是生命固有的召唤，执意要你去注意他，去寻找他、看望他，甚或去投奔他。

我迈过高高的门槛，艰难地走出院门，眼前是一条安静的小街，细长、规整，两三个陌生的身影走过，走向东边的朝阳，走进西边的落日。东边和西边都不知通向哪里，都不知连接着什么，唯那美妙的声音不惊不懈，如风如流……

我永远都看见那条小街，看见一个孩子站在门前的台阶上眺望。朝阳或是落日弄花了他的眼睛，浮起一群黑色的斑点，他闭上眼睛，有点儿怕，不知所措，很久，再睁开眼睛，啊好了，世界又是一片光明……有两个黑衣的僧人在沿街的房檐下悄然走过……几只蜻蜓平稳地盘桓，翅膀上闪动着光芒……鸽哨声时隐时现，平缓，悠长，渐渐地近了，噗噜噜飞过头顶，又渐渐远了，在天边像一团飞舞的纸屑……这是件奇怪的事，我既看见我的眺望，又看见我在眺望。

那些情景如今都到哪儿去了？那时刻，那孩子，那样的心情，惊奇和痴迷的目光，一切往日情景，都到哪儿去了？它们飘进了宇宙，是呀，飘去五十年了。但这是不是说，它们只不过飘离了此时此地，其实它们依然存在？

　　梦是什么？回忆，是怎么一回事？

　　倘若在五十光年之外有一架倍数足够大的望远镜，有一个观察点，料必那些情景便依然如故，那条小街，小街上空的鸽群，两个无名的僧人，蜻蜓翅膀上的闪光和那个痴迷的孩子，还有天空中美妙的声音，便一如既往。如果那望远镜以光的速度继续跟随，那个孩子便永远都站在那条小街上，痴迷地眺望。要是那望远镜停下来，停在五十光年之外的某个地方，我的一生就会依次重现，五十年的历史便将从头上演。

我的幼儿园（节选）[①]

　　五岁，或者六岁，我上了幼儿园。有一天母亲跟奶奶说："这孩子还是得上幼儿园，要不将来上小学会不适应。"说罢她就跑出去打听，看看哪个幼儿园还招生。用奶奶的话说，她从来就这样，想起一出是一出。很快母亲就打听到了一所幼儿园，刚开办不久，离家也近。母亲跟奶奶说时，有句话让我纳闷儿：那是两个老姑娘办的。

　　母亲带我去报名时天色已晚，幼儿园的大门已闭。母亲敲门时，我从门缝朝里望：一个安静的院子，某一处屋檐下放着两只崭新的木马。两只木马令我心花怒放。

---

　　① 本文节选自《史铁生全集》（长篇散文与随笔卷）《记忆与印象》，北京出版社2016年版。

母亲问我："想不想来？"我坚定地点头。开门的是个老太太，她把我们引进一间小屋，小屋里还有一个老太太正在做晚饭。小屋里除两张床之外只放得下一张桌子和一个火炉。母亲让我管胖些并且戴眼镜的那个叫孙老师，管另一个瘦些的叫苏老师。

我很久都弄不懂，为什么单要把这两个老太太叫老姑娘？我问母亲："奶奶为什么不是老姑娘？"母亲说："没结过婚的女人才是老姑娘，奶奶结过婚。"可我心里并不接受这样的解释。结婚嘛，不过发几块糖给众人吃吃，就能有什么特别的作用吗？在我想来，女人年轻时都是姑娘，老了就都是老太太，怎么会有"老姑娘"这不伦不类的称呼？我又问母亲："你给大伙儿买过糖了吗？"母亲说："为什么？我为什么要给大伙儿买糖？""那你结过婚吗？"母亲大笑，揪揪我的耳朵："我没结过婚就敢有你了吗？"我越糊涂了，怎么又扯上我了呢？

这幼儿园远不如我的期待。四间北屋甚至还住着一户人家，是房东。南屋空着。只东西两面是教室，教室里除去一块黑板连桌椅也没有，孩子们每天来时都要自带小板凳。小板凳高高低低，二十几个孩子也是高高低低，大的七岁，小的三岁。上课时大的喊小的哭，老师呵斥了这个哄那个，基本乱套。上课则永远是讲故事。"上回讲到哪儿啦？"孩子们齐声回答："大——灰——狼——要——吃——小——山——羊——啦！"通常此刻必有人举手，憋不住尿了，或者其实已经尿完。一个故事断断续续要讲上好几天。"上回讲到哪儿啦？""不——听——话——的——小——山——羊——被——吃——掉——啦！"

下了课一窝蜂都去抢那两只木马，你推我搡，没有谁能真正骑上去。大些的孩子于是发明出另一种游戏，"骑马打仗"：一个背上一个，冲呀杀呀喊声震天，人仰马翻者为败。两个老太太——还是按我的理解叫她们吧——心惊胆战满院子里追着喊："不兴这样，可不兴这样啊，看摔坏了！看把刘奶奶的花踩了！"刘奶奶，即房东，想不懂她怎么能容忍在自家院子里办幼儿园。但"骑马打仗"正是热火朝天，这边战火方歇，那边烽烟又起。这本来很好玩，可不知怎么一来，又有了惩罚战俘的规则。落马者仅被视为败军之将岂不太便宜了？所以还要被敲脑崩儿，或者连人带马归顺敌方。这样就又有了叛徒，以及对叛徒的更为严厉的惩罚。叛徒一旦被捉回，就由两个人押着，倒背双手"游街示众"，一路被人揪头发、拧耳朵。天知道为什么这惩罚竟至比"骑马打仗"本身更具诱惑了，到后来，无需"骑马打仗"，直接就玩起这惩罚的游戏。可谁是被惩罚者呢？便涌现出一两个头领，由他们说了算，他们说谁是叛徒谁就是叛徒，谁是叛徒谁当然就要受到惩罚。于是，人性，在那时就已暴露：为了免遭惩罚，大家纷纷去效忠那一两个头领，阿谀，谄媚，唯比成年人来得直率。可是！可是这游戏要玩下去总是得有被惩罚者呀。可怕的日子终于到了。可怕的日子就像增长着的年龄一样，必然来临。

做叛徒要比做俘虏可怕多了。俘虏尚可表现忠勇，希望未来；叛徒则是彻底无望，忽然间大家都把你抛弃了。五岁或者六岁，我已经见到了人间这一种最无助的处境。这时你唯一的祈祷就是那两个老太太快来吧，快来结束这荒唐的游戏吧。但你终会发现，这惩罚并不随着她们的制止而结束，这惩罚扩散进所有的时间，扩散到所有孩子的脸上和心里。轻轻地然而是严酷地拒斥，像一种季风，细密无声从白昼吹入夜梦，无从逃脱，无处诉告，且不知其由来，直到它忽然转向，如同莫测的天气,莫测的命运,忽然放开你,调头去捉弄另一个孩子。

我不再想去幼儿园。我害怕早晨,盼望傍晚。我开始装病,开始想尽办法留在家里跟着奶奶,想出种种理由不去幼儿园。直到现在,我一看见那些哭喊着不要去幼儿园的孩子,心里就发抖,设想他们的幼儿园里也有那样可怕的游戏,响晴白日也觉有鬼魅徘徊。

幼儿园实在没给我留下什么美好印象。倒是那两个老太太一直在我的记忆里,一个胖些,一个瘦些,都那么慈祥,都那么忙碌,慌张。她们怕哪个孩子摔了碰了,怕弄坏了房东刘奶奶的花,总是吊着一颗心。但除了这样的怕,我总觉得,在她们心底,在不易觉察的慌张后面,还有另外的怕。另外的怕是什么呢?说不清,但一定更沉重。

长大以后我有时猜想她们的身世。她们可能是表姐妹,也可能只是自幼的好友。她们一定都受过良好的教育——她们都弹得一手好风琴,似可证明。我刚到那幼儿园的时候,就总听她们向孩子们许愿:"咱们就要买一架风琴了,幼儿园很快就会有一架风琴了,慢慢儿地幼儿园还会添置很多玩具呢,小朋友们高不高兴呀？""高——兴！"就在我离开那儿之前不久，风琴果然买回来了。两个老太太视之如珍宝，把它轻轻抬进院门，把它上上下下擦得锃亮，把它安放在教室中最醒目的地方，孩子们围在四周屏住呼吸，然后苏老师和孙老师互相推让，然后孩子们等不及了开始喊喊嚓嚓地乱说，然后孙老师在风琴前庄重地坐下，孩子们的包围圈越收越紧，然后琴声响了孩子们欢呼起来，苏老师微笑着举起一个手指："嘘！——嘘！——"满屋子里就又都静下来，孩子们忍住惊叹可是忍不住眼睛里的激动……那天不再讲故事，光是听苏老师和孙老师轮流着弹琴，唱歌。那时我才发觉她们与一般的老太太确有不同，脸上的每一条皱纹里都涌现着天真。那琴声我现在还能听见。现在，每遇天真纯洁的事物，那琴声便似一缕缕飘来，在我眼前，在我心里，幻现出一片阳光，像那琴键一样地跳动。

往事（节选）①

　　童年，某个除夕的下午，我独自站在街上。除夕的下午，这不会错，因为我一直想着马上就要过年了。玩一会儿我就要想下：过年了，将有三天爸和妈都放假在家，不用去上班了；将有三天我都没有作业，光是玩；三天里爸和妈都可能带我出去，逛公园、串亲戚；三天，家里随时会有客人来，送给我礼物，给我压岁钱；这三天顿顿都有鱼有肉，还有其他好吃的东西……三天是够长的了，而且现在还没开始，三天是要从明天算起的。每这么想一遍心里就有说不出的快乐。所以我从家里跑出来，在街上玩，好像这样可以使即将到来的好日子更

　　① 本文节选自《史铁生全集》（短篇小说·小小说卷）《第一人称》，北京出版社2016年版。

确凿，可以把它们保护得更牢固，更完整。

我独自在街上玩。就是我家门前那条细长的街。站在街心朝两端望，两端都是一眼望不到头——灰白的天，和灰白的天下雪掩的房屋。

从早晨开始下雪，中午时停了。不过天仍然阴着，说不定还会有更大的雪，可能一宿都不停，可能明天一早起来就见那雪还在纷纷扬扬地下，到处一片洁白。那可真是太棒了！我喜欢雪，喜欢大雪带来的安谧，尤其那安谧之中又漫布着过年的喜庆。我独自在街上跳。天并不冷，一点儿都不冷，空气湿润、新鲜、干净。空气中偶尔飘来炸鱼和炖肉的香味儿，使人想到家家户户当前的情景——忙碌、欢快，齐心协力准备着年夜饭。是呀，过年了。鞭炮声东一下西一下地响，闻得见丝丝缕缕的火药味儿，但看不见放鞭炮的人。街上人迹已稀，都在家里了，唯偶尔一两个因为什么事耽搁了的人，正提着满篮的年货急匆匆埋头赶路。

其实街上并没什么好玩的。我只是在雪地里跳，用木棍敲落树上的雪，把路边的积雪捅得千疮百孔，等候时间一点儿一点儿过去，接近年宵。我不急着回家，反正一连串的好日子就要来了。我一点儿都不急着回家，让那幸福的年夜在看不见的地方积聚得更浓厚些吧。别让它来得太快，也走得太快。不如在这温润的空气里多待一会儿，在等待的快乐里多待一会儿。我希望暮色慢慢降临时母亲会出来找我，她走到街上，左右张望，然后冲我喊：喂，还不回家吗？过年啦！——

小街（节选）①

　　在老城的边缘，在灰压压的一大片老房与残损的城墙之间，有一条小街，在我的印象里 Z②的继父从生到死都住在那儿（他说过，他的胞衣就埋在他屋前的地下）。

　　这小街的名字并不需要特别指出，若干年前这城市里有很多这样的小街，名字并不能分清它们。所谓小街，不宽，但长，尘土和泥泞铺筑的路面，常常安静，又常常车马喧嚣，拉粮、拉煤、拉砖瓦木料的大车过后留下一路热滚滚的马粪。

　　我记得那样的小街上，有个老人在晨光里叫卖

---

　　①　本文节选自《史铁生全集》（长篇小说卷）《务虚笔记》，北京出版社 2016 年版。篇名为编者所加。

　　②　Z 是指文中的一个人物。——编者注

"烂～糊芸豆——"有个带着孩子的妇女在午后的太阳里喊"破烂儿～我买——"有个独腿的男人在晚风中一路唱着："臭豆腐～酱豆腐——"

我记得那样的小街上通常会有一块空地，空地上有一处自来水供半条街上的居民享用，空地上经常停着两辆待客的三轮车，车夫跷着脚在车座里哼唱，空地上总能聚拢来一伙闲人慢慢地喝茶、抽烟，或者靠一个膀阔腰圆的傻子来取得欢笑，空地的背景很可能是一间棺材铺，我记得有两个赤膊的汉子一年四季在那儿拉大锯，锯末欢欣鼓舞地流下来，一棵棵原木变成板材，再变成大的和小的棺材。

那样的小街上总会有一两棵老槐树，春天有绿色的肉虫凭一根细丝从树上垂挂下来，在空中悠荡，夏天有妇孺在树下纳凉，年轻的母亲袒露着沉甸甸的乳房给孩子喂奶，秋天的树冠上有醒目的鸟儿的巢穴。

那样的小街上，多数的院门里都没有下水设施，洗脸水和洗菜水都往街上泼，冬天，路两旁的凹陷处便结起两条延续数十米的冰道，孩子们一路溜着冰去上学觉得路程就不再那么遥远。

那样的街上，不一定在哪儿，肯定有一个卖糖果的小摊儿，乌蒙蒙的几个玻璃瓶子装着五颜六色的糖果，一如装着孩子们五颜六色的梦想。

那样的街上，不一定在什么时候，肯定会响起耍猴戏的锣声，孩子们便兴奋地尾随着去追赶一个快乐的时光。

我记得那样的街口上有一展旗幡，是一家小酒店。小酒店门前有一只油锅，滚滚地炸着丸子或者炸着鱼，令人驻足令人垂涎，店堂里一台老式的无线电有说有唱为酒徒们助兴，掌柜的站在柜台后忙着打酒切肉，掌柜的闲下来时便赔着笑脸四处搭讪，一边驱赶着不知疲倦的苍蝇。

傍晚时分小酒店里最是热闹，酒徒们吆三喝四地猜拳，亮开各自的嗓子唱戏，生旦净末丑，人才济济。这时，整个小酒店都翘首期盼着一位"琴师"，人们互相询问他怎么还不来，他不来戏就不能真正唱出味道。不久，他来了，瘦瘦高高的，在众戏迷争先的问候声中拎一把胡琴走进店门。在我的印象里，他应该就是 Z 的继父。众人给他留着一个他喜欢的座位，他先坐下来静静地喝酒，酒要温得恰当，肉要煮得烂而不碎，酒和肉都已不能求其名贵，但必要有严格的讲究。据说 Z 的继父的父亲以及祖父，都曾在宫廷里任过要职。酒过三巡，众望所归的这位"琴师"展开一块白布铺在膝上，有人把琴递在他手里，他便闭目轻轻地调弦，我猜想这是他最感到生命价值确在的时刻。众戏迷开始兴奋，唱与不唱的都清一清喉，掌柜的站到门边去不让不买酒的戏迷进来。

不要多久店堂里琴声就响了，戏就唱了，那琴声、唱声撞在残损不堪的城墙上，弹回来，在整条胡同里流走，注入家家户户。

故乡的胡同

北京很大，不敢说就是我的故乡。我的故乡很小，仅北京城之一角，方圆大约二里，东和北曾经是城墙现在是二环路。其余的北京和其余的地球我都陌生。

二里方圆，上百条胡同密如蛛网，我在其中活到四十岁。编辑约我写写那些胡同，以为简单，答应了，之后发现，这岂非是要写我的全部生命？办不到。但我的心神便又走进那些胡同，看它们一条一条怎样延伸怎样连接，怎样枝枝杈杈地漫展，以及曲曲弯弯地隐没。我才醒悟，不是我曾居于其间，是它们构成了我。密如蛛网，每一条胡同都是我的一段历史、一种心绪。

四十年前，一个男孩艰难地越过一道大门槛，惊讶着四下张望，对我来说胡同就在那一刻诞生。很长很长的一条土路，两侧一座座院门排向东西，红而且安静的太阳悬挂西端。男孩看太阳，直看得眼前发黑，闭一会儿眼，然后顽固地再看那太阳。因为我问过奶奶："妈妈是不是就从那太阳里回来？"

奶奶带我走出那条胡同，可能是在另一年。奶奶带我去看病，走过一条又一条胡同，天上地上都是风、被风吹淡的阳光、被风吹得继续的鸽哨声。那家医院就是我的出生地。打完针，号啕之际，奶奶买一串糖葫芦慰劳我，指着医院的一座西洋式小楼说，她就是在那儿听见我来了，说那天下着罕见的大雪。

是我不断长大所以胡同不断地漫展呢，还是胡同不断地漫展所以我不断长大？可能是一回事。有一天母亲领我拐进一条更长更窄的胡同，把我送进一个大门，一眨眼母亲不见了，我正要往门外跑时被一个老太太拉住，她很和蔼但是我哭着使劲挣脱她，屋里跑出来一群孩子，笑闹声把我的哭喊淹没。那是我头一回离家在外，那一天很长，墙外磨刀人的喇叭声尤其漫漫。幼儿园是那老太太办的，都说她信教。

几乎每条胡同都有庙。僧人在胡同里静静地走，回到庙去沉沉地唱，那诵经声总让我看见夏夜的星光。睡梦中我还常常被一种清朗的钟声唤醒，以为是午后阳光落地的震响，多年后我才找到它的来源。现在俄国使馆的位置，曾是一座东正教堂，我把那钟声和它联系起来时，它已被推倒。那时，寺庙多也消失或改为他用。

我的第一个校园就是往日的寺庙，庙院里松柏森森。那儿有个可怕的孩子，他有一种至今令我惊诧不解的能力，同学们都怕他，他说他第一跟谁好谁就会受宠若惊，他说他最后跟谁好谁就会忧心忡忡，他说他不跟谁好了谁就像是被判离群的鸟。因为他，我学会了谄媚和防备，看见了孤独。成年以后，我仍能处处见出他的影子。

十八岁我去插队，离开这片故土三年。回来时两腿残废了找不到工作，我常独自摇了轮椅一条条再去走那些胡同。它们几乎没变，只是往日都到哪儿去了很费猜解。在一条胡同里我碰见一群老太太，她们用油漆涂抹着美丽的图画，我说，我可以参加吗？我便在那儿拿到平生第一份工资。我们镇日涂抹说笑，对未来抱着过分的希望。

母亲对未来的祈祷，可能比我对未来的希望还要多，她在我们住的院子里种下一棵合欢树。那时我开始写作，开始恋爱，爱情使我的心魂从轮椅里站起来。可是合欢树长大了，母亲却永远离开了我。几年后我的恋人也远去他乡，但那时她们已经把我培育得可以让人放心了。然后我的妻子来了，我把珍贵的以往说给她听，她说因此她也爱恋着我的这块故土。

我单不知，像鸟儿那样飞在不高的空中俯看那片密如蛛网的胡同，会是怎样的景象？飞在空中而且不惊动下面的人类，看一条条胡同的延伸、连接、枝枝杈杈地漫展以及曲曲弯弯地隐没，是否就可以看见了命运的构造？

庙的回忆（节选）①

据说，过去北京城内的每一条胡同都有庙，或大或小总有一座。这或许有夸张成分。但慢慢回想，我住过以及我熟悉的胡同里，确实都有庙或庙的遗迹。

在我出生的那条胡同里，与我家院门斜对着，曾经就是一座小庙。我见到它时它已改作油坊，庙门、庙院尚无大变，唯走了僧人，常有马车运来大包大包的花生、芝麻，院子里终日磨声隆隆，呛人的油脂味经久不散。推磨的驴们轮换着在门前的空地上休息，打滚儿，大惊小怪地喊叫。

从那条胡同一直往东的另一条胡同中，有一座大些

① 本文节选自《史铁生全集》（长篇散文与随笔卷）《记忆与印象》，北京出版社 2016 年版。

的庙，香火犹存。或者是庵，记不得名字了，只记得奶奶说过那里面没有男人。那是奶奶常领我去的地方，庙院很大，松柏森然。夏天的傍晚不管多么燠热难熬，一走进那庙院立刻就觉清凉，我和奶奶并排坐在庙堂的石阶上，享受晚风和月光，看星星一个一个亮起来。僧尼们并不驱赶俗众，更不收门票，见了我们唯颔首微笑，然后静静地不知走到哪里去了，有如晚风掀动松柏的脂香似有若无。庙堂中常有法事，钟鼓声、铙钹声、木鱼声，噌噌吰吰，那音乐让人心中犹豫。诵经声如无字的伴歌，好像黑夜的愁叹，好像被灼烤了一白天的土地终于得以舒展便油然飘缭起的雾霭。奶奶一动不动地听，但鼓励我去看看。我迟疑着走近门边，只向门缝中望了一眼，立刻跑开。那一眼印象极为深刻。现在想，大约任何声音、光线、形状、姿态，乃至温度和气息，都在人的心底有着先天的响应，因而很多事可以不懂但能够知道，说不清楚，却永远记住。那大约就是形式的力量。气氛或者情绪，整体地袭来，它们大于言说，它们进入了言不可及之域，以致一个五六岁的孩子本能地审视而不单是看见。我跑回到奶奶身旁，出于本能我知道了那是另一种地方，或是通向着另一种地方；比如说树林中穿流的雾霭，全是游魂。奶奶听得入神，摇撼她她也不觉，她正从那音乐和诵唱中回想生命，眺望那另一种地方吧。我的年龄无可回想，无以眺望，另一种地方对一个初来的生命是严重的威胁。我钻进奶奶的怀里不敢看，不敢听也不敢想，唯觉幽冥之气弥漫，月光也似冷暗了。这个孩子生而怯懦，禀性愚顽，想必正是他要来这人间的缘由。

上小学的那一年，我们搬了家，原因是若干条街道联合起来成立了人民公社，公社机关看中了我们原来住的那个院子以及相邻的两个院子，于是他们搬进来我们搬出去。我记得这件事进行得十分匆忙，上午一通知下午就搬，街道干部打电话把各家的主要劳力都从单位里叫回家，从中午一直搬到深夜。这事很让我兴奋，所有要搬走的孩子都很兴奋，不用去上学了，很可能明天和后天也不用上学了，而且我们一齐搬走，搬走之后仍然住在一起。我们跳上运家具的卡车奔赴新家，觉得正有一些动人的事情在发生，有些新鲜的东西正等着我们。可惜路程不远，完全谈不上什么经历新家就到了。不过微微的失望转瞬即逝，我们冲进院子，在所有的屋子里都风似的刮一遍，以主人的身份接管了它们。从未来的角度看，这院子远不如我们原来的院子，但新鲜是主要的，新鲜与孩子天生有缘，新鲜在那样的季节里统统都被推崇，我们才不管院子是否比原来的小或房子是否比原来的破，立刻在横倒竖歪的家具中间捉迷藏，疯跑疯叫，把所有的房门都打开然后关上，把所有的电灯都关上然后打开，爬到树上去然后跳下来，被忙乱的人群撞倒然后自己爬起来，为每一个新发现激动不已，然后看看其实也没什么……最后集体在某一个角落里睡熟，睡得不省人事，叫也叫不应。那时母亲正在外地出差，来不及通知她，几天后她回来时发现家已经变成了公社机关，她在那门前站了很久才有人来向她解释，大意是：不要紧放心吧，搬走的都是好同志，住在哪儿和不住在哪儿都一样是革命需要。

新家所在之地叫"观音寺胡同"，顾名思义那儿也有一座庙。那庙不能算小，但早已破败，久失看管。庙门不翼而飞，院子里枯藤老树荒草藏人。侧殿空空。正殿里尚存几尊泥像，彩饰斑驳，站立两旁的护法天神怒目圆睁但已赤手空拳，兵器早不知被谁夺下扔在地上。

我和几个同龄的孩子便捡起那兵器，挥舞着，在大殿中跳上跳下杀进杀出，模仿俗世的战争，朝残圮的泥胎劈砍，向草丛中冲锋，披荆斩棘草叶横飞，大有堂吉诃德之神采，然后给寂寞的老树"施肥"，擦屁股纸贴在墙上……做尽亵渎神灵的恶事然后鸟儿一样在夕光中回家。很长一段时期那儿都是我们的乐园，放了学不回家先要到那儿去，那儿有发现不完的秘密，草丛中有死猫，老树上有鸟窝，幽暗的殿顶上据说有蛇和黄鼬，但始终未得一见。有时是为了一本小人书，租期紧，大家轮不过来，就一齐跑到那庙里去看，一个人捧着大家围在四周，大家都说看好了才翻页。谁看得慢了，大家就骂他笨，其实都还识不得几个字，主要是看画，看画自然也有笨与不笨之分。或者是为了抄作业，有几个笨主儿作业老是不会，就抄别人的，庙里安全，老师和家长都看不见。佛嘛，心中无佛什么事都敢干。抄者撅着屁股在菩萨眼皮底下紧抄，被抄者则乘机大肆炫耀其优越感，说一句"我的时间不多你要抄就快点儿"，然后故意放大轻松与快乐，去捉蚂蚱、逮蜻蜓，大喊大叫地弹球儿、扇三角，急得抄者流汗，撅起的屁股有节奏地颠，嘴中念念有词，不时扭起头来喊一句："等我会儿嘿！"其实谁也知道，没法等。还有一回专门是为了比赛胆儿大。"晚上谁敢到那庙里去？""这有什么，嘁！""有什么？有鬼，你敢去吗？""废话！我早都去过了。""牛✕！""嘿，你要不信嘿……今儿晚上就去你敢不敢？""去就去有什么呀，嘁！""行，谁不去谁孙子敢不敢？""行，几点？""九点。""就怕那会儿我妈不让我出来。""哎哟喂，不敢就说不敢！""行，九点就九点！"那天晚上我们真的到那庙里去了一回，有人拿了个手电筒，还有人带了把水果刀好歹算一件武器。我们走进庙门时还是满天星斗，不一会儿天却阴上来，而且起了风。我们在侧殿的台阶上蹲着，挤成一堆儿，不敢动也不敢大声说话，荒草摇摇，老树沙沙，月亮在云中一跳一跳地走。有人说想回家去撒泡尿。有人说撒尿你就到那边撒去呗。有人说别的倒也不怕，就怕是要下雨了。有人说下雨也不怕，就怕一下雨家里人该着急了。有人说一下雨蛇先出来，然后指不定还有什么呢。那个想撒尿的开始发抖，说不光想撒尿这会儿又想屙屎，可惜没带纸。这样，大家渐渐都有了便意，说憋屎憋尿是要生病的，有个人老是憋屎憋尿后来就变成了罗锅儿。大家惊诧道：是吗？那就不如都回家上厕所吧。可是第二天，那个最先要上厕所的成了唯一要上厕所的，大家都埋怨他，说要不是他我们还会在那儿待很久，说不定就能捉到蛇，甚至可能看看鬼。

有一天，那庙院里忽然出现了很多暗红色的粉末，一堆堆像小山似的，不知道是什么，也想不通到底何用。那粉末又干又轻，一脚踩上去"噗"的一声到处飞扬，而且从此鞋就变成暗红色再也别想洗干净。又过了几天，庙里来了一些人，整天在那暗红色的粉末里折腾，于是一个个都变成暗红色不说，庙墙和台阶也都变成暗红色，荒草和老树也都变成暗红色，那粉末随风而走或顺水而流，不久，半条胡同都变成了暗红色。随后，庙门前挂出了一块招牌：有色金属加工厂。从此游戏的地方没有了，蛇和鬼不知迁徙何方，荒草被锄净，老树被伐倒，只剩下一团暗红色满天满地逐日壮大。再后来，庙堂也拆了，庙墙也拆了，盖起了一座轰轰烈烈的大厂房。那条胡同也改了名字，以后出生的人会以为那儿从来就没有过庙。

我的小学，校园本也是一座庙，准确说是一座大庙的一部分。大庙叫柏林寺，里面有很多合抱粗的柏树。

有风的时候，老柏树浓密而深沉的响声一浪一浪，传遍校园，传进教室，使吵闹的孩子也不由得安静下来，使琅琅的读书声时而飞扬时而沉落，使得上课和下课的铃声飘忽而悠扬。

摇铃的老头，据说曾经就是这庙中的和尚，庙既改作学校，他便还俗做了这儿的看门人，看门兼而摇铃。老头极和蔼，随你怎样摸他的红鼻头和光脑袋他都不恼，看见你不快活他甚至会低下头来给你，说：想摸摸吗？孩子们都愿意到传达室去玩，挤在他的床上，挤得密不透风，没大没小地跟他说笑。上课或下课的时间到了，他摇起铜铃，不紧不慢地在所有的窗廊下走过，目不旁顾，一路都不改变姿势。叮当叮当——叮当叮当——，铃声在风中飘摇，在校园里回荡，在阳光里漫散开去，在所有孩子的心中留下难以磨灭的记忆。那铃声，上课时摇得紧张，下课时摇得舒畅，但无论紧张还是舒畅都比后来的电铃有味道，浪漫，多情，仿佛知道你的惧怕和盼望。

但有一天那铃声忽然消失，摇铃的老人也不见了，听说是回他的农村老家去了。为什么呢？据说是因为他仍在悄悄地烧香念佛，而一个崭新的时代应该是无神论的时代。孩子们再走进校门时，看见那铜铃还在窗前，但物是人非，传达室里端坐着一名严厉的老太太，老太太可不让孩子们在她的办公重地胡闹。上课和下课，老太太只在按钮上轻轻一点，电铃于是"哇——哇——"地叫，不分青红皂白，把整个校园都吓得要昏过去。在那近乎残酷的声音里，孩子们懂得了怀念：以往的铃声，它到哪儿去了？唯有一点是确定的，它随着记忆走进了未来。在它飘逝多年之后，在梦中，我常常又听见它，听见它的飘忽与悠扬，看见那摇铃老人沉着的步伐，在他一无改变的面容中惊醒。那铃声中是否早已埋藏下未来，早已知道了以后的事情呢？

老家（节选）[1]

　　母亲的家在 Z 州[2]城外的张村。那村子真是大，汽车从村东到村西开了差不多一刻钟。拒马河从村边流过，我们挨近一座石桥停下。这情景让我想起小时候读过的一课书：拒马河，靠山坡，弯弯曲曲绕村过……

　　父亲说，就是这桥。我们走上桥，父亲说，看看吧，那就是你母亲以前住过的房子。

　　高高的土坡上，一排陈旧的瓦房，围了一圈简陋的黄土矮墙，夕阳下尤其显得寂寞，黯然，甚至颓唐。那矮墙，父亲说原先没有，原先可不是这样，原先是一道青砖的围墙，原先还有一座漂亮的门楼，门前有两棵老

---

　　① 本文节选自《史铁生全集》（长篇散文与随笔卷）《记忆与印象》，北京出版社 2016 年版。
　　② 指河北省涿州市。——编者注

槐树，母亲经常就坐在那槐树下读书……

这回我们一起走进那院子。院子里堆着柴草，堆着木料、灰砂，大约这老房是想换换模样了。主人不在家，只一群鸡"咯咯"地叫。

叔叔说："就是这间屋。你爸就是从这儿把你妈娶走的。"

"真的？"

"问他呀。"

父亲避开我的目光，不说话，满脸通红，转身走开。我不敢再说什么。我知道那不是因为别的，是因为不能忘记的痛苦。母亲去世十年后的那个清明节，我和妹妹曾跟随父亲一起去给母亲扫墓，但是母亲的墓已经不见，那时父亲就是这样的表情，满脸通红，一言不发，东一头西一头地疾走，满山遍野地找寻着一棵红枫树，母亲就葬在那棵树旁。我曾写过：母亲离开得太突然，且只有 49 岁，那时我们三个都被这突来的厄运吓傻了，十年中谁也不敢提起母亲一个字，不敢说她，不敢想她，连她的照片也收起来不敢看……直到十年后，那个清明节，我们不约而同地说起该去看看母亲的坟了；不约而同——可见谁也没有忘记，一刻都没有忘记……

我看着母亲出嫁前住的那间小屋，不由得有一个问题：那时候我在哪儿？那时候是不是已经注定，四十多年之后她的儿子才会来看望这间小屋，来这儿想象母亲当年出嫁的情景？1948年，母亲十九岁，未来其实都已经写好了，站在我四十六岁的地方看，母亲的一生已在那一阵喜庆的唢呐声中一字一句地写好了，不可更改。那唢呐声，沿着时间，沿着阳光和季节，一路风尘雨雪，传到今天才听出它的哀婉和苍凉。可是，十九岁的母亲听见了什么？十九岁的新娘有着怎样的梦想？十九岁的少女走出这个院子的时候历史与她何干？她提着婚礼服的裙裾，走出屋门，有没有再看看这个院落？她小心或者急切地走出这间小屋，走过这条甬道，转过这个墙角，迈过这道门槛，然后驻足，抬眼望去，她看见了什么？啊，拒马河！拒马河上绿柳如烟，雾霭飘荡，未来就藏在那一片浩渺的苍茫之中……我循着母亲出嫁的路，走出院子，走向河岸，拒马河悲喜不惊，必像四十多年前一样，翻动着浪花，平稳浩荡奔其前程……

　　我坐在河边，想着母亲曾经就在这儿玩耍，就在这儿长大，也许她就攀过那棵树，也许她就戏过那片水，也许她就躺在这片草丛中想象未来，然后，她离开了这儿，走进了那个喧嚣的北京城，走进了一团说不清的历史。我转动轮椅，在河边慢慢走，想着：从那个坐在老槐树下读书的少女，到她的儿子终于来看望这座残破的宅院，这中间发生了多少事呀。我望着这条两端不见头的河，想：那顶花轿顺着这河岸走，锣鼓声渐渐远了，唢呐声或许伴母亲一路，那一段漫长的时间里她是怎样的心情？一个人，离开故土，离开童年和少年的梦境，大约都是一样——就像我去串联、去插队的时候一样，顾不上别的，单被前途的神秘所吸引，在那神秘中描画幸福与浪漫……

墙下短记（节选）①

　　近些年我常常想起一道墙，碎砖头垒的，风可以吹落砖缝间的细土。那道墙很长，至少在一个少年看来是很长，很长之后拐了弯儿，拐进一条更窄的小巷里去。小巷的拐角处有一盏街灯，紧挨着往前是一个院门，那里住过我少年时的一个同窗好友。叫他L②吧。L和我能不能永远是好友，以及我们打完架后是否又言归于好，都不重要，重要的是我们一度形影不离，流动不居的生命有一段就由这友谊铺筑成。细密的小巷中，上学和放学的路上我们一起走，冬天和夏天，风声或蝉鸣，太阳到星空，十岁也许九岁的L曾对我说，他将来要娶班上

　　①　本文节选自《史铁生全集》（散文·随笔卷）《我与地坛》，北京出版社2017年版。
　　②　L指文中的一个人物。——编者注

一个(暂且叫她作M的)女生做老婆。L转身问我："你呢，想和谁？"我准备不及，想想，觉得M确是漂亮。L说他还要挣很多钱。"干吗？""废话，那时你还花你爸的钱呀？"少年之间的情谊，想来莫过于我们那时的无猜无防了。

我曾把一件珍爱的东西送给L。一本连环画呢，还是一个什么玩具？已经记不清。可是有一天我们打了架，为什么打架也记不清了，但丝毫不忘的是：打完架，我又去找L要回了那件东西。

老实说，单我一个人是不敢去要的，或者也想不起去要。是几个当时也对L不大满意的伙伴指点我、怂恿我，拍着胸脯说他们甘愿随我一同前去讨还，再若犹豫就成了笨蛋兼而傻瓜。就去了。走过那道很长很熟悉的墙，夕阳正在上面灿烂地照耀，但在我的记忆里，走到L家的院门时，巷角的街灯已经昏黄地亮了。这只可理解为记忆的作怪。

站在那门前，我有点害怕，身旁的伙伴便极尽动员和鼓励，提醒我：倘调头撤退，其可卑甚至超过投降。我不能推卸罪责给别人：跟L打架后，我为什么要把送给L东西的事告诉别人呢？指点和怂恿都因此发生。我走进院中去喊L，L出来，听我说明来意，愣着看一会儿我，让我到大门外等着。L背着他的母亲，从屋里拿出那件东西交在我手里，不说什么，就又走回屋去。结束总是非常简单，咔嚓一下就都过去。

我和几个同来的伙伴在巷角的街灯下分手，各自回家。他们看看我手上那件东西，好歹说一句"给他干吗"，声调和表情都失去来时的热度，失望甚或沮丧料想都不由于那件东西。

我贴近墙根儿独自往回走，那墙很长，很长而且荒凉，记忆在这儿又出了差误，好像还是街灯未亮、迎面的行人眉目不清的时候。晚风轻柔得让人无可抱怨，但魂魄仿佛被它吹离，飘起在黄昏中再消失进那道墙里去。捡根树枝，边走边在那墙上轻划，砖缝间的细土一股股地垂流……咔嚓一下所送走的，都扎根进记忆去酿制未来的问题。

那很可能是我对于墙的第一种印象。

随之，另一些墙也从睡中醒来。

几年前，有一天傍晚"散步"，我摇着轮椅走进童年时常于其间玩耍的一片胡同。其实一向都离它们不远，屡屡在其周围走过，匆忙得来不及进去看望。

记得那儿曾有一面红砖短墙，墙头插满锋利的碎玻璃碴儿，我们一群八九岁的孩子总去搅扰墙里那户人家的安宁，攀上一棵小树，扒着墙沿央告人家把我们的足球扔出来。那面墙应该说藏得很是隐蔽，在一条死巷里，但可惜那巷口的宽度很适合做我们的球门，巷口外的一片空地是我们的球场。球难免是要踢向球门的，倘临门一脚踢飞，十之八九便降落到那面墙里去。墙里是一户善良人家，飞来物在我们的央告下最多被扣压十分钟。但有一次，那足球学着篮球的样子准确投入墙内的面锅，待一群孩子又爬上小树去看时，雪白的面条热气腾腾全滚在煤灰里。正是所谓"三年困难时期"，足球事小，我们趁暮色抱头鼠窜。好几天后，我们由家长带领，以封闭"球场"为代价换回了那只足球。

那条小巷依旧，或者是更旧了。可能正是"国庆"期间，家家门上都插了国旗。变化不多，唯独那"球场"早被压在一家饭馆和一座公厕下面。"球门"对着饭馆的后墙，那户善良人家料必是安全得多了。

我摇着轮椅走街串巷，闲度国庆之夜。忽然又一面青灰色的墙叫我怦然心动，我知道，再往前去就是我的幼儿园了。青灰色的墙很高，里面有更高的树，树顶上曾有鸟窝，现在没了。到幼儿园去必要经过这墙下，一俟见了这面高墙，退步回家的希望即告断灭。那青灰色几近一种严酷的信号，令童年分泌恐怖。

这样的"条件反射"确立于一个盛夏的午后，所以记得清楚，是因为那时的蝉鸣最为浩大。那个下午母亲要出长差，到很远的地方去。我最高的希望是她不去出差，最低的希望是我可以不去幼儿园，在家，不离开奶奶。但两份提案均遭否决，据哭力争亦不奏效。如今想来，母亲是要在远行之前给我立下严明的纪律。哭声不停，母亲无奈说带我出去走走。"不去幼儿园！"出门时我再次申明立场。母亲领我在街上走，沿途买些好吃的东西给我，形势虽然可疑，但看看走了这么久又不像是去幼儿园的路，牵着母亲的长裙心里略略地松坦。可是！好吃的东西刚在嘴里有了味道，迎头又来了那面青灰色高墙，才知道条条小路相通。虽立刻大哭，料已无济于事。但一迈进幼儿园的门槛，哭喊即自行停止，心里明白没了依靠，唯规规矩矩做个好孩子是得救的方略。幼儿园墙内，是必度的一种"灾难"，抑或只因为这一个孩子天生地怯懦和多愁。

三年前我搬了家，隔窗相望就是一所幼儿园，常在清晨的赖睡中就听见孩子进园前的嘶嚎。我特意去那园门前看过，抗拒进园的孩子其壮烈都像宁死不屈，但一落入园墙便立刻吞下哭声，恐惧变成冤屈，泪眼望天，抱紧着对晚霞的期待。不见得有谁比我更能理解他们，但早早地对墙有一点感受，不是坏事。

　　我最记得母亲消失在那面青灰色高墙里的情景。她当然是绕过那面墙走上了远途的，但在我的印象里，她是走进那面墙里去了。没有门，但是母亲走进去了，在那些高高的树上蝉鸣浩大，在那些高高的树下母亲的身影很小，在我的恐惧里那儿即是远方。

消逝的钟声（节选）[1]

我记事早。我记事早的一个标记，是斯大林[2]的死。有一天父亲把一个黑色镜框挂在墙上，奶奶抱着我走近看，说：斯大林死了。镜框中是一个陌生的老头儿，突出的特点是胡子都集中在上唇。在奶奶的涿州口音中，"斯"读三声。我心想，既如此还有什么好说，这个"大林"当然是死的呀？我不断重复奶奶的话，把"斯"读成三声，觉得有趣，觉得别人竟然都没有发现这一点可真是奇怪。多年以后我才知道，那是 1953 年，那年我两岁。

终于有一天奶奶领我走下台阶，走向小街的东端。

---

① 本文节选自《史铁生全集》（长篇散文与随笔卷）《记忆与印象》，北京出版社 2016 年版。
② 前苏联领导人。——编者注

我一直猜想那儿就是地的尽头，世界将在那儿陷落、消失——因为太阳从那儿爬上来的时候，它的背后好像什么也没有。谁料，那儿更像是一个喧闹的世界的开端。那儿交叉着另一条小街，那街上有酒馆，有杂货铺，有油坊、粮店和小吃摊；因为有小吃摊，那儿成为我多年之中最向往的去处。那儿还有从城外走来的骆驼队。"什么呀，奶奶？""啊，骆驼。""干吗呢，它们？""驮煤。""驮到哪儿去呀？""驮进城里。"驼铃一路丁零当啷丁零当啷地响，骆驼的大脚蹚起尘土，昂首挺胸目空一切，七八头骆驼不紧不慢招摇过市，行人和车马都给它们让路。我望着骆驼来的方向问："那儿是哪儿？"奶奶说："再往北就出城啦。""出城了是哪儿呀？""是城外。""城外什么样儿？""行了，别问啦！"我很想去看看城外，可奶奶领我朝另一个方向走。我说"不，我想去城外"，我说"奶奶我想去城外看看"，我不走了，蹲在地上不起来。奶奶拉起我往前走，我就哭。"带你去个更好玩儿的地方不好吗？那儿有好些小朋友……"我不听，一路哭。

越走越有些荒疏了，房屋零乱，住户也渐渐稀少。

沿一道灰色的砖墙走了好一会儿，进了一个大门。啊，大门里豁然开朗完全是另一番景象：大片大片寂静的树林，碎石小路蜿蜒其间。满地的败叶在风中滚动，踩上去吱吱作响。麻雀和灰喜鹊在林中草地上蹦蹦跳跳，坦然觅食。我止住哭声。我平生第一次看见了教堂，细密如烟的树枝后面，夕阳正染红了它的尖顶。

我跟着奶奶进了一座拱门，穿过长廊，走进一间宽大的房子。那儿有很多孩子，他们坐在高大的桌子后面只能露出脸。他们在唱歌。一个穿长袍的大胡子老头儿弹响风琴，琴声飘荡，满屋子里的阳光好像也随之飞扬起来。奶奶拉着我退出去，退到门口。唱歌的孩子里面有我的堂兄，他看见了我们但不走过来，唯努力地唱歌。那样的琴声和歌声我从未听过，宁静又欢欣，一排排古旧的桌椅、沉暗的墙壁、高阔的屋顶也似都活泼起来，与窗外的晴空和树林连成一气。那一刻的感受我终生难忘，仿佛有一股温柔又强劲的风吹透了我的身体，一下子钻进我的心中。后来奶奶常对别人说："琴声一响，这孩子就傻了似的不哭也不闹了。"我多么羡慕我的堂兄，羡慕所有那些孩子，羡慕那一刻的光线与声音，有形与无形。我呆呆地站着，徒然地睁大眼睛，其实不能听也不能看了，有个懵懂的东西第一次被惊动了——那也许就是灵魂吧。后来的事都记不大清了，好像那个大胡子的老头儿走过来摸了摸我的头，然后光线就暗下去，屋子里的孩子都没有了，再后来我和奶奶又走在那片树林里了，还有我的堂兄。堂兄把一个纸袋撕开，掏出一个彩蛋和几颗糖果，说是幼儿园给的节日礼物。

这时候，晚祷的钟声敲响了——唔，就是这声音，就是它！这就是我曾听到过的那种缥缥缈缈响在天空里的声音啊！

"它在哪儿呀，奶奶？"

"什么，你说什么？"

"这声音啊，奶奶，这声音我听见过。"

"钟声吗？啊，就在那钟楼的尖顶下面。"

这时我才知道，我一来到世上就听到的那种声音就是这教堂的钟声，就是从那尖顶下发出的。暮色浓重了，钟楼的尖顶上已经没有了阳光。风过树林，带走了麻雀和灰喜鹊的欢叫。钟声沉稳、悠扬、飘飘荡荡，连接起晚霞与初月，扩展到天的深处或地的尽头……

不知奶奶那天为什么要带我到那儿去，以及后来为什么再也没去过。

不知何时，天空中的钟声已经停止，并且在这块土地上长久地消逝了。

多年以后我才知道，那教堂和幼儿园在我们去过之后不久便都拆除。我想，奶奶当年带我到那儿去，必是想在那幼儿园也给我报个名，但未如愿。

再次听见那样的钟声是在四十年以后了。那年，我和妻子坐了八九个小时飞机，到了地球另一面，到了一座美丽的城市，一走进那座城市我就听见了它。在清洁的空气里，在透澈的阳光中和涌动的海浪上面，在安静的小街，在那座城市的所有地方，随时都听见它在自由地飘荡。我和妻子在那钟声中慢慢地走，认真地听它，我好像一下子回到了童年，整个世界都好像回到了童年。

我的遥远的清平湾（节选）[1]

秋天，在山里拦牛简直是一种享受。庄稼都收完了，地里光秃秃的，山洼、沟掌里的荒草却长得茂盛。把牛往沟里一轰，可以躺在沟门上睡觉；或是把牛赶上山，在下山的路口上坐下，看书。秋天的色彩也不再那么单调：半崖上小灌木的叶子红了，杜梨树的叶子黄了，酸枣棵子缀满了珊瑚珠似的小酸枣……尤其是山坡上绽开了一丛丛野花，淡蓝色的，一丛挨着一丛，雾蒙蒙的。灰色的小田鼠从黄土坷垃后面探头探脑；野鸽子从悬崖上的洞里钻出来，"扑棱棱"飞上天；野鸡"咕咕嘎嘎"地叫，时而出现在崖顶上，时而又钻进了草丛……我很

---

① 本文节选自《史铁生全集》（短篇小说·小小说卷）《第一人称》，北京出版社 2016 年版。

奇怪，生活那么苦，竟然没人捕食这些小动物。也许是因为没有枪，也许是因为这些鸟太小也太少，不过多半还是因为别的。譬如：春天燕子飞来时，家家都把窗户打开，希望燕子到窑里来做窝；很多家窑里都住着一窝燕儿，没人伤害它们。谁要是说燕子的肉也能吃，老乡们就会露出惊讶的神色，瞪你一眼："咦！燕儿嘛！"仿佛那无异于亵渎了神灵。

种完了麦子，牛就都闲下了，我和破老汉整天在山里拦牛。老汉不闲着，把牛赶到地方，跟我交代几句就不见了。有时忽然见他出现在半崖上，奋力地劈砍着一棵小灌木。吃的难，烧的也难，为了一小把柴，常要爬上很高很陡的悬崖。老汉说，过去不是这样，过去人少，山里的好柴砍也砍不完，密密匝匝的，人也钻不进去。老人们最怀恋的是红军刚到陕北的时候，打倒了地主，分了地，单干。"才红了①那辰儿，吃也有的吃，烧也有的烧，这咋会儿，做过啦②！"老乡们都这么说。真是，"这咋会儿"迷信活动倒死灰复燃。有一回，传说从黄河东来了神神，有些老乡到十几里外的一个破庙去祷告，许

---

① 才红了：指红军刚到陕北。
② 做过啦：就是弄糟了的意思。

愿。破老汉不去。我问他为什么，他皱着眉头不说，又哼哼起《山丹丹开花红艳艳》。那是才红了那辰儿的歌。过了半天，使劲磕磕烟袋锅，叹了口气："都是那号婆姨闹的！""哪号儿？"我有点明知故问。他用烟袋指指天，摇摇头，撇撇嘴："那号婆姨，我一照就晓得……"如此算来，破老汉反"四人帮"要比"四五"运动早好几年呢！

在山里，有那些牛做伴，即便剩我一个人也并不寂寞。我半天半天地看着那些牛，它们的一举一动都意味着什么，我全懂。平时，牛不爱叫，只有奶着犊子的生牛才爱叫。太阳一偏西，奶着犊儿的生牛就急着要回村了，你要是不让它回，它就"哞——哞——"地叫个不停，急得团团转，无心再吃草。有一回，我在山洼洼里，睡着了，醒来太阳已经挨近了山顶。我和破老汉吆起牛回村，忽然发现少了一头。山里常有被雨水冲成的暗洞，牛踩上就会掉下去摔坏。破老汉先也一惊，但马上看明白了，说："没麻搭，它想儿，回去了。"我才发现，少了的是一头奶犊儿的生牛。离村老远，就听见饲养场上一声声牛叫了，儿一声，娘一声，似乎一天不见，母子间有说不完的贴心话。牛

— 114 —

不老①在母亲肚子底下一下一下地撞，吃奶，母牛的目光充满了温柔、慈爱，神态那么满足，平静。我喜欢那头母牛，喜欢那只牛不老。我最喜欢的是一头红犍牛，高高的肩峰，腰长腿壮，单套也能拉得动大步犁。红犍牛的犄角长得好，又粗又长，向前弯去；几次碰上邻村的牛群，它都把对方的首领顶得败阵而逃。我总是多给它拌些料，犒劳它。但它不是首领。最讨厌的还是那头老黑牛，不仅老奸巨猾，而且专横跋扈，双套它也会气喘吁吁，却占着首领的位置。遇到外"部落"的首领，它倒也勇敢，但不下两个回合，便跑得比平时都快了。那头老生牛就好，虽然比老黑牛还老，却和蔼得很，再小的牛冲它伸伸脖子，它也会耐心地为之舔毛。和牛在一起，也可谓其乐无穷了，不然怎么办呢？方圆十几里内看不见一个人，全是山。偶尔有拦羊的从山梁上走过，冲我呐喊两声。黑色的山羊在陡峭的岩壁上走，如走平地，远远看去像是悬挂着的棋盘；白色的绵羊走在下边，是白棋子。山沟里有泉水，渴了就喝，热了就脱个精光，洗一通。那生活倒是自由自在，就是常常饿肚子。

---

① 牛不老：指牛犊。

破老汉有个弟弟，我就是顶替了他喂牛的。据说那人奸猾，偷牛料；头几年还因为投机倒把坐过县大狱。我倒不觉得那人有多坏，他不过是蒸了白馍跑到几十里外的车站上去卖高价，从中赚出几升玉米、高粱米，白面自家舍不得吃。还说他捉了乌鸦，做熟了当鸡卖，而且白馍里也掺了假。破老汉看不上他弟弟，破老汉佩服的是老老实实的受苦人。

给盲童朋友

　　各位盲童朋友，我们是朋友。我也是个残疾人，我的腿从二十一岁那年开始不能走路了，到现在，我坐着轮椅又已经度过了二十一年。残疾送给我们的困苦和磨难，我们都心里有数，所以不必说了。以后，毫无疑问，残疾还会一如既往地送给我们困苦和磨难，对此我们得有足够的心理准备。我想，一切外在的艰难和阻碍都不算可怕，只要我们的心理是健康的。

　　譬如说，我们是朋友，但并不因为我们都是残疾人我们才是朋友，所有的健全人其实都是我们的朋友，一切人都应该是朋友。残疾是什么呢？残疾无非是一种局限。你们想看而不能看。我呢，想走却不能走。那么健全人呢，他们想飞但不能飞——这是一个比喻，就是说健全人也有局限，这些局限也送给他们困苦和磨难。很难说，健全人就一定比我们活得容易，因为痛苦和痛苦是不能比出大小来的，就像幸福和幸福也比不出大小来一样。痛苦和幸福都没有一个客观标准，那完全是自我的感受。因此，谁能够保持不屈的勇气，谁就能更多地感受到幸福。生命就是这样一个过程，一个不断超越自身局限的过程，这就是命运，任何人都是一样，在这过程中我们遭遇痛苦，超越局限，从而感受幸福。所以一切人都是平等的，我们毫不特殊。

我们残疾人最渴望的是与健全人平等。那怎么办呢？我想，平等不是可以吃或可以穿的身外之物，它是一种品质，或者一种境界，你有了你就不用别人送给你，你没有，别人也无法送给你。怎么才能有呢？只要消灭了"特殊"，平等自然而然就会来了。就是说，我们不因为身有残疾而有任何特殊感。我们除了比别人少两条腿或少一双眼睛之外，除了比别人多一辆轮椅或多一根盲杖之外，再不比别人少什么和多什么，再没有什么特殊于别人的地方，我们不因为残疾就忍受歧视，也不因为残疾去摘取殊荣。如果我们干得好别人称赞我们，那仅仅是因为我们干得好，而不是因为我们事先已经有了被称赞的优势。我们靠货真价实的工作赢得光荣。当然，我们也不能没有别人的帮助，自尊不意味着拒绝别人的好意。只想帮助别人而一概拒绝别人的帮助，那不是强者，那其实是一种心理的残疾，因为事实上，世界上没有任何人不需要别人的帮助。

我们既不能忘记残疾朋友，又应该努力走出残疾人的小圈子，怀着博大的爱心，自由自在地走进全世界，这是克服残疾、超越局限的最要紧的一步。

图书在版编目（CIP）数据

第一次盼望 / 史铁生著. -- 武汉：长江文艺出版社，2023.9

ISBN 978-7-5702-3242-0

Ⅰ. ①第… Ⅱ. ①史… Ⅲ. ①散文集－中国－当代 Ⅳ. ①I267

中国国家版本馆 CIP 数据核字（2023）第 125282 号

第一次盼望

DIYICI PANWANG

责任编辑：高田宏　　　　　　　　　　责任校对：毛季慧

封面设计：天行云翼·宋晓亮　　　　　责任印制：邱　莉　杨　帆

出版：长江出版传媒　　长江文艺出版社

地址：武汉市雄楚大街 268 号　　　　邮编：430070

发行：长江文艺出版社

http://www.cjlap.com

印刷：武汉珞珈山学苑印刷有限公司

开本：640 毫米×970 毫米　　　1/16　　印张：7.5　　　插页：4 页

版次：2023 年 9 月第 1 版　　　　2023 年 9 月第 1 次印刷

字数：58 千字

定价：23.00 元
